著 安居院晃
［イラスト］美和野らぐ
何故そんなに見つめてくるの
？
JN054692
宮廷魔法士です。
きゅうていまほうしです。
最近姫様からの視線が気になります。
Royal Wizard
and the Princess, or What You Will....

「おいレイズ。また**お姫様**に**見られ**てるぞ」

王宮の庭園に備え付けられたベンチ。先輩であるエルトさんと並んで座りながら僕——レイズは溜息を零した。手にしていたお手製のサンドイッチを食べる手を止め、サイドの髪に留めたト音記号のヘアピンの位置を直して、視線を庭園中央に設置された噴水へと向ける。正確に言えば、噴水の側に隠れてこちらを見ている人影に。

「言われなくてもわかってますよ……」

「えっと……王女殿下？」

どれくらい時間が経過しただろうか？　僕はすぐ側で微かに聞こえる声に目を覚ました。何だかつい最近聞いたような、鈴の音のように透き通る綺麗な声。

うっすらと目を開けると、霞んだ視界。同時に、身体が忘れていた寒気を思い出したかのように身震いする。寒空で寝るとこうなるか……気をつけよう。

段々とクリアになってきた視界で、声の聞こえた方向を見る。

と、そこには自分の想定しなかった人物が。

「ひゃいッ！」

いつも私の心に居て、
ずっと待ち焦がれていた彼は――。

「申し訳ありません、殿下。遅くなりました」

INDEX

《インデックス》

Royal Wizard
and the Princess, or What You Will....

宮廷魔法士です。最近姫様からの視線が気になります。

安居院晃

ファンタジア文庫

3052

口絵・本文イラスト　美和野らぐ

宮廷《きゅうてい》魔法士《まほうし》です。
最近 姫様からの視線が気になります。
Royal Wizard
and the Princess, or What You Will....

プロローグ　うちの姫様がジッと見つめてくるんですが

「おいレイズ。またお姫様に見られてるぞ」

「言われなくてもわかってますよ……エルトさん」

王宮の庭園に備え付けられたベンチ。先輩であるエルトさんと並んで座りながら僕——レイズは溜息《ためいき》を零《こぼ》した。手にしていたお手製のサンドイッチを食べる手を止め、サイドの髪に留めたト音記号のヘアピンの位置を直して、視線を庭園中央に設置された噴水へと向ける。

正確に言えば、噴水の傍《そば》に隠れてこちらを見ている人影に。僕と同じように視線を転じたエルトさんが心配そうに僕の肩に手を置いた。

「マジで、何かしたのか？　ここ一週間くらい、ずっと見つめられてると思うんだが……」

「いや、一週間っていうか……」

一ヵ月くらい前から、ずっとです。

「本当に、何で見つめられているのかわからないんですよ……。最近一番悩んでいることです」

「品行方正のレイズを憎く思うことなんてないと思うが……」

エルトさんは僕と同じようにサンドイッチを食べる手を止め、腕を組んで悩む仕草を作った。

「恨みを買うようなことでもしたか？」

「僕がですか？　ありえませんよ。そもそも宮廷魔法士とはいえ、僕は一平民。それに対して相手は――」

ちらりと噴水の傍を一瞥《いちべつ》し、再びエルトさんに視線を戻した。

「一国の王女様ですよ？」

「だよなぁ……」

原因がわからず、僕も再び溜息を吐《つ》いた。

いやだって、一国の王女と一平民なんて普通接点がないどころか、その姿を拝むことさえ難しい程の身分差。当然会話をしたことなんてないし、恨まれるようなことをした覚えもない。できても絶対にやらないけど。

エルトさんはパン屑《くず》のついた手を払い、水筒に入っていた紅茶を口に含む。ちなみに僕が淹《い》れてあげたものです。

「とはいえ、何も原因がないなんてことはないだろう。身分が違えば、見られるようになったきっかけがあるはずだろう？」

「きっかけ、って言われてもなぁ……」

上を向き、すじ雲が広がる青空を見ながら、頭の中にある記憶を可能な限り呼び起こしてみる。

僕が王都に来てから今日までの行動や言動を、思い出せるだけ、全て。

思い出せない分は仕方ないとして、えっと——。

「ないです」

「あん？」

「きっかけというか、心当たりというか、そういったことは一切ないです」

「自分が忘れてるだけかもしれないぞ？」

「それこそないと思いますよ」

王女殿下との謁見などあろうものなら、僕は一生そのことを忘れない自信がある。

まぁ確かに王宮勤めだから、姿を見かけることはあるけど、声をかけることなどないし、失礼を働くようなことだって一切ない。そんな勇気は僕にはないし。

本当に、どうしてこんな状況になったんだろう。

別に一ヵ月くらい前まではこんなことなかったんだけどなぁ……。

「あ、そうだ。いいことを思いついたぞ」

突然、閃《ひらめ》いた、みたいに人差し指を立ててニヤッと笑みを浮かべるエルトさん。

付き合いも数ヵ月程になったけど、彼がこうして笑みを浮かべるのは大抵変なことを考えている時だと最近理解した。決して信用してはならない。

……一応聞いておきましょうか。期待はできないけど。

「なんですか？」

「本人に直接聞けばいいんだよ」

……??

思考が止まる。

何を言っているんだ？　この人は。

「直接って……王女殿下にですか？」

「他に誰がいるんだよ」

「いやいやいや」

それはあまりにも無理難題。

確かに王宮内にいるとはいえ、おいそれと話しかけていい御方《おかた》ではないのだ。もし機嫌を悪くでもしてしまったら、即刻僕の宮廷魔法士生活と共に、人生は終わりの鐘が鳴ることになるだろう。リアルに首が吹っ飛ぶ。仕事的にも物理的にも。

村から誘か……出てきたばかりなのに、そんなことになるのは避けたい。

それだけは絶対に嫌だ。まだ死にたくないッ！

「運が強かったとはいえ、折角宮廷魔法士になれたんですから、ここで人生終わりなんて嫌ですよ！　後輩の死期を早めるようなことは言わないでください！」

「確かにお前が宮廷魔法士になったのは運が強かった……というか、あいつらが無理やり連れてきた結果だな。うん、良かったのか悪かったのかはこの際良いとして。大丈夫だって。流石《さすが》に話しかけただけで死刑にするような人は……いないから」

「なんですか今の不自然な間は」

ジトッとした視線を送ると、エルトさんは顔を逸《そ》らして乾いた笑い声を上げた。

「いや、そういう奴《やつ》がいないとも限らないなと思って。人間ってのは権力を持つと、意味のわからないことをやり始めるものだし。特に上級貴族は」

「余計不安になりましたよ……あの王女殿下がそんなことするとは思えませんがね。とてもお優しいと評判ですし」

「民衆からの人気も高いしな」

王女殿下はその美しい容姿、慈悲深くお優しい性格と、内外共に素晴らしい御方《おかた》。彼女の存在もあって、国民の王室に対する評価は非常に高いのだ。

綺麗《きれい》だな、と思いながら再び視線を転じると……あ。

こちらを見つめる王女殿下と目が合った。

互いに固まり、硬直状態に入る。しまった、目が合ってしまった。だけどここで逸らすと失礼にあたるんじゃないか？　でも、このまま見つめ合ったままでも恥ずかしいし……。

色んな考えが頭の中で広がるけど、そんな中で僕は一つのことに気がついた。

呆然《ぼうぜん》と会釈《えしゃく》もせずにいるのは、不敬罪に当たるかもしれない。

相手は仮にも王女。それはつまり……不敬＝死罪。

子供でも解ける簡単な計算式が頭の中に浮かんだ瞬間、僕は全力で口元を綻ばせて、完全な営業スマイルを作り上げた。こんなところで人生を終わらせてたまるかッ！

と――。

「～～～～ッ！」

王女殿下は顔を真っ赤に、口をパクパクさせて、背中を向けて颯爽《さっそう》と走り去ってしまった。

眩《まばゆ》い銀の髪を靡《なび》かせて。

……もしかしなくても、僕の笑顔が見ていられない程に気持ち悪かったのだろうか。それなら気持ち悪くない笑顔の作り方を考えなくては。

「あ、そういうこと？」

軽くショックを受けている僕とは対照的に、エルトさんは「あーなるほどね、はいはいはい」と意味深な呟《つぶや》きをしていた。もしかして、何かわかったのだろうか？

謎が解決したのかもしれないという期待をしていたけど、それを裏切るようにエルトさんはポンっと僕の肩を叩《たた》いた。

「お前……罪な奴だな」

「へ？」

「残念だが、これ以上は俺の口から語るわけにはいかない。これは——お前が一人で気づかなければならないことだ」

ますます訳がわからない。が、エルトさんは謎の微笑《ほほえ》みを浮かべてサムズアップ。そのままベンチから下りて、立ち去ってしまった。当たり前のように、サンドイッチの入っていた紙袋は僕に押し付けて。後片付けは僕にやっておけということですか。少しは自分で片付けてほしい。

とりあえず、それはおいておくとして——。

「……なんなの？」

最近の悩み＆疑問。

この国のお姫様が、僕のことをジッと見つめてくること。

第一話　逃走されました……なぜ？

既に日も暮れ、地平線の彼方《かなた》に月が顔を見せた時刻。

窓から入り込む風はまだ冷たく、春というにはまだまだ早いようにも思えた。ずっと閉め切っていたからか、外から流れ込んでくる冷気は凄《すご》く気持ちよく感じる。

その冷気を身体《からだ》に浴びながら、僕が執務室で膨大な資料とにらめっこしていると、突然扉がノックなしに開かれた。

「レイズ君、明日の夕方の会議で使う資料はどれくらいまで完成してる？」

執務室に入って来たのは、毛先に近づくにつれて橙色《だいだいいろ》になる長い赤髪と端整な顔立ちをした長身女性。真紅の瞳はまるで紅玉のようであり、正に仕事のできる女性といった風貌だ。視力が悪いとは聞いていないけど、いつも黒縁のメガネを掛けている。多分伊達《だて》メガネだと思うけど、右耳に着けられた緋色《ひいろ》のイヤーカフと調和してよく似合っている。ちなみに僕より背が高い。悔しい。

座っている僕に近づいてくる彼女。に呆《あき》れつつ、返事を返す。

「ヘレンさん……ちゃんとノックくらいしてもらえませんか？」

「あら？　してなかったかしら？　ごめんなさい。次からは気をつけるわ」

淡々と、何とも思っていないように言うヘレンさんは、全く悪びれた様子はない。

次から気をつけるって言葉、もう何回聞いたかわからない……。この人はいつもそうだ。何回言っても全く直そうとしないし、そもそも直す気がさらさらない。上司だからって……。まぁ、もう慣れたんだけどね。

「それで、資料は？」

「もうできてますよ。あ、文字だけだとわかりにくそうだったのでグラフも掲載しておきました」

「ありがと。仕事ができる男の子は好きよ」

「はいはい」

資料を手渡し、軽く伸びをしながら換気のために開け放った窓を見る。

羽の白い小鳥がこちら側に入り込み、窓枠にちょこんと居座っていた。

ちょいちょいっと手招きをすると、小鳥はぴよぴよと鳴きながら僕の手の上へとやってきた。可愛《かわい》い。

指先で小突いたりして遊んでいると、不意にヘレンさんが資料を丸めて頭をポスッと軽く叩いた。

「いつも通り資料は完璧よ。いい仕事ぶりだわ」

「それならなんで叩く……いいですけど。ありがとうございます」

「仕事にはもう慣れた？　うちの部署は普段仕事がないから、他の部署との会議に使う資料を作る、みたいな雑務が多いけど」

ヘレンさんは少し心配そうに僕を覗《のぞ》き込んでくる。新しい環境に慣れないうちはかなりのストレスになるから、気を遣ってくれてるんだろう。優しい人だ。ついでに普段から僕の扱いをもう少し丁重にしてもらえるとありがたいかな。マッサージとか僕に頼まないでほしい。

「職場はいいところですし、仕事の内容も簡単ですからね。弄《いじ》りが酷《ひど》いとは思いますが、みんないい人ですし」

「それは何より。流石、史上最年少で宮廷魔法士になった天才ね」

「その言い方はやめてくださいよ。そもそも、何も知らない状態でいきなりなったんですからね。その元凶の人が何を言ってるんですか」

「はいはい。悪いとは思ってないけど、怒らないの」

「悪いと思ってないんですか……。あと、子供扱いしないでくださいよ」

「子供じゃない」

「いや、確かにそうですけど」

僕は今年で十六歳になる、まだまだ大人とは言えない年齢だ。成人扱いされるのは、十八歳から。子供扱いされるのも仕方ないのかもしれないけど、あからさまにそういう扱いをするのはやめてほしい。僕だって子供とは言え、宮廷魔法士だ。もう少し大人の扱いをしてくれてもいいんじゃないですかね。

この部署、他の人はみんな成人しているから、ヘレンさんの僕への子供扱いが目立つ。僕にとってはそこが不服だ。

むくれていると、ヘレンさんがクスクス笑いながら僕に聞いた。

「不服そうな顔をしないの。それより、エルト君を知らないかしら？」

「え、またいないんですか？」

「そうなの。またどこかでサボってるのかと思ってね」

よく一緒に昼食を共にしている、僕の先輩であるエルトさんは、非常に厄介なサボり癖がある。仕事を放り出して王宮の何処《どこ》かで眠っていたり、前は王都の散策に行っていたっけ？　彼が放棄した仕事をやるのは当然僕なので、追加で給金を支給してほしいと毎回思うんだよなぁ。

うちの部署の悩みの種というか、なんというか。いざという時は頼れるのかもしれないけど、真面目に仕事をしてほしい。僕に仕事を押し付けるな。

「僕らが働いているのにエルトさんは、もう……」

「苦労するわね、まだ若いのに」

「誰のせいですか」

ジトッとした視線をヘレンさんに向けると、ニコッといい笑顔を返されてしまった。それはつまり、知るか、ということ。酷い。

と、ヘレンさんが僕の頬を両手で挟んだ。

「レイズ君を見習ってほしいところではあるけれど、ちょっと働きすぎじゃない？　貴方《あなた》、昼休み以外休憩取ってないでしょ？」

呆れた口調だ。

いやそりゃ……新参者の自分は休憩なんて取ってる場合じゃないと思っているわけですから。寧《むし》ろ、皆が働いている時に自分が休憩しているなんて許せない……というか。

確かに僕は、昼休憩以外は仕事をしている。でも、別に苦ではない。

無心で仕事をしているほうが捗《はかど》るのだ。

と言っても、聞いてもらえなかった。

「とにかく、少し休憩をあげるから、どこかで一服でもしてきなさい。あ、だからといって煙草は駄目よ？　君はまだ未成年なんだし、なにより私が煙草大嫌いだから」

「煙草《たばこ》は僕も嫌いなんで吸わないですよ。というか、吸った日にはアリナさんに殺されそう……」

「あぁ、あの子、貴方の匂い大好きだものね。煙草の匂いなんかした日には、全身丸ごと洗濯されるかもね」

「それは勘弁してもらいたいですね。あと、別に休憩はいらな――」

どさくさに紛れてまだ少し残っている資料に手を伸ばすと、ダンッ！　という音と共に、僕の机にナイフが突き刺さっていた。突き刺したのは当然ヘレンさん。一体何処から取り出したんですか……？

「室長として命じるわ。ちゃんと休憩を取りなさい」

「……了解しました」

彼女は僕の直属の上司。逆らうことなんてできな……くはないけれど、あまりそういった真似《まね》はしないほうが吉だ。

手に乗っていた小鳥を頭頂部に乗せ、僕は紅茶の入った水筒を持って執務室を後にした。

◇

僕の所属している部署は一つの大きな部屋の中に小さな部屋が幾つもあるという構造になっている。部署の人数も少ないため、一人に一室の執務室が与えられているのだ。

そのため、仕事中は基本的に一人になるのだけど……まだ入って数ヵ月の新人だからか、僕の執務室には比較的頻繁に先輩が出入りし、様子を確認してくる。やれ大丈夫かだの、仕事は順調に進んでいるかだの、少し王都に遊びに行こうだの、結構色々と言われるのだ。最後のは当然エルトさん。

からかわれたりもするけど、それは僕が気を張り詰め過ぎないようフォローしてくれているからだと思っている。だからといって仕事のフォローを僕にさせるのはやめてほしいけど。でも皆いい人ばかりで、人間関係でストレスを感じることもほとんどない。

あ、あと勝手に僕のお茶菓子を食べたり、茶葉を使ってお茶を淹《い》れるのは控えてほしいとも思う。一応僕が自分で買っているので。

「命令通りに休憩、っと」

王宮庭園の中央に建てられた噴水の縁《へり》に腰を下ろし、水筒に入ったアイスティーを一口含む。水筒に入った氷がカランと音を立てる。

紅茶には並々ならぬこだわりがある僕は、淹れる度に味が違うなんてことは絶対にない。温度、混ぜ方、茶葉のテイスティングから全て丁寧に行っている。近々紅茶の検定でも受けようかと考えているくらいだ。

頭の上では小鳥がぴよぴよ鳴いているけれど、流石《さすが》に紅茶はあげられないな。

第一、飲めるの？

「……ん？」

ふと王宮の渡り通路──その柱へと目を向けると、そこには毎日のように姿を見て、しかし一言も会話を交えない御方《おかた》──この王宮に住まれている、美しき王女殿下の姿が。

銀糸のような美しい髪を揺らめかせ、同色の瞳はどこか悩ましげに伏せられている。柱に預けた背中からは、何処か哀愁が漂っている。

なんだろう。何か、大きな悩みごとでもあるのだろうか。そもそもこの時間に、どうしてここに？

「話しかけて……みるか？」

命がけ……というわけでもないのだが、何だか無性に緊張する。もし僕の態度が不敬だと受け取られれば、僕は永久にこの世界とおさらばする可能性があるのだ。緊張するのも仕方ない。

だけど、悩んでいる王女殿下……というよりか、女の子を放っておくことは、心にもやっとしたものを残す。

意を決して僕は噴水の縁から腰を上げ、足音を極力立てないようゆっくりと王女様に近づく。僕が接近しても、彼女は僕に気がついた様子はない。

声が届く距離まで近づいた僕は、深呼吸を一つし、心を落ち着けてから声をかけた。

「どうかなされましたか？」

「へ？」

殿下は目をパチクリさせて、放心した。

その驚いた表情、とても可愛い。実際には言いませんけれど、何というか、滅茶苦茶《めちゃくちゃ》可愛い。表現する語彙力が低下するくらい、可愛い。

口を開けたまま硬直した王女様は、僕が再度呼びかけるとみるみる頬を赤く染めていき、慌てふためいたように手を振った。

「あの、その、な、なんでひょうかッ！」

盛大に噛《か》んだ。

思わず笑いそうになったけど、必死に、舌をグッと噛んで堪《こら》える。

「し、失礼しました。何やら悩ましげなお顔をされておられましたので……頬が赤いようですが、お身体《からだ》が優れないのでは？　部屋にお戻りになられたほうが――」

「～～～～～～ッ！」

僕が心配して顔を近づけると、王女殿下は頬を両手で挟んで背中を向けてしまった。

待って、僕は早速何か不快になるようなことをしてしまったのかッ！　だとしたらまずい、本当に僕の今後の人生に関わってくるような大問題だッ！

その場に跪《ひざまず》き、心からの謝罪を口にする。体裁なんて構うものかッ！　プライドなんてものは関係ない！

「も、申し訳ございません！　初対面にもかかわらず、このようなご無礼を！」

「あ、え？」

「すぐにこの場を去りますゆえ、どうかご容赦を……」

今、僕にできる精一杯の謝罪。

これで許してもらえるかわからないけれど、しないよりは断然マシだ。俯《うつむ》いて彼女の言葉を待っていると、何だか慌てふためいた声が。

「な、なな、なんで謝っているのですか！　私は、その……無礼だなんて」

「え、いやしかし」

「しゃ、謝罪なんてする必要はありません！　寧ろ、その――ッ」

「え？」

最後まで言葉にすることなく、王女殿下は口を押さえてしまった。何か言おうとしたようだけど……。

王女殿下は口をパクパク、顔を真っ赤に染め上げて、

「し、失礼しますッ！」

脱兎《だっと》の如《ごと》き勢いで僕の前から走り去ってしまった。歩きにくそうな長いスカートを穿《は》いているのにも関わらず、とても速い。普段から走るトレーニングでもしているのだろうか？

「な、なんだったんだ？」

王女殿下が飛び出していってしまった理由は全くわからないけど……一先《ひとま》ず首を飛ばされることはなさそうだ。ほっと胸を撫《な》で下ろす。

いや、本当に何で逃げられたんだろうか？

第二話　寒空の下で散歩

王女殿下と秘密の謁見を終えた翌日の夜。

窓から見える空は既に暗く染まり、その中を無数の星々が瞬《またた》いていた。

「…………」

僕は執務室のソファに寝そべりながら、窓の外に広がる美しい夜空を眺めていた。机の上にお茶菓子を用意し、身体の上には毛布をかけている。もはや仕事部屋とは思えない。

しかし、僕はこの部屋に頻繁に泊まっていく──自宅より居心地いい──ので、こうした物資は必需品なのだ。

え？　仕事？　そんなのとっくに明日《あした》の分まで終わらせましたよ。もうやることがないから、こうして休んでいるわけです。

「どう、しようかな……」

随分と眺めていた夜空から、執務室の天井に視線を移した。

本格的に暇だ。

仕事がないと、どうしてこうもやることが見つからなくなるのだろうか？　執務室の中に持ち込んだ本も全て読み終えてしまったし、他の人の手伝いに行こうものならヘレンさんに拳骨《げんこつ》を頂戴する羽目になるだろうし……はぁ。仕事ができすぎるのもよくないものだな、なんて。

そんなことを言っていても暇が解消されるわけではない。別に眠くもないし、お腹《なか》も空《す》いていない。となれば……。

「……散歩に行くしかないかな」

究極の暇つぶし&身体を動かすから眠気も誘発する最強の行動へと移るのだった。

壁に掛けていたローブを纏《まと》い、腰元にレイピアを差して、執務室を出ていく。

すると、丁度仕事を終えたのであろうヘレンさんと遭遇した。

「あら、散歩？」

「はい。やることがもうないので」

「それなら明日の仕事を前倒しでやれば……」

「終わりました」

「……もう何も言わないわよ」

がっくりと首を折ったヘレンさんは、欠伸《あくび》を一つ噛み殺しながら彼女の執務室の中へと入っていった。恐らく、休憩スペースへと赴くのだろう。

その後ろ姿を見届け、僕は王宮の通路を歩いていく。窓から入る満月の月明かりがとても明るく、蝋燭《ろうそく》の灯《ひ》以上に暗い通路を照らしている。

ローブの襟元を寄せながらはぁっと息を吐くと、それは白く染まって消えていく。

暦の上では春の始まりだというが、この時期はまだまだ空気が冷たい。というか普通に寒い。手先が冷え性のため、寒空の下に置かれた金属のように冷たくなっている。どうして手袋を買っておかなかったんだ僕は……。

「温かい紅茶だけは持ってきてよかったかな」

懐《ふところ》から水筒――保温魔法をかけた特性のもの――を取り出して口をつける。歩きながらで申し訳ないですが、寒いので勘弁してください。

喉元を通り、温かい感覚がお腹の部分でじんわりと広がっていくのがわかる。この感じがなんとも、気持ちいいのです。

さてさて、僕が一体どこに向かっているかと言うと、基本的にこの王宮の中では行く場所は限られている。多くの書物が置いてある書庫、王宮勤めの魔法士が食事を摂《と》るために利用する食堂。どちらも時間的に開いていないし、そもそも用事がない。従って、行くところは一つになってくるわけで――。

「庭園に、来ちゃうんだよなぁ」

金木犀《きんもくせい》の香りが微《かす》かに感じられ、それ以外にも様々な花が月下に咲き誇っている。噴水も同様に月明かりに照らされ、白い光を反射して輝いている。彫刻の上を流れる水の音が心地よく、花の香りが鼻腔《びこう》を楽しませる。

暇を持て余した時の散歩で来るところは、ここだった。昼食も、小休憩も、夜の散歩もここに来る。

ある意味、僕はここを非常に気に入っているのかもしれない。いや、気に入ってるか。居心地は凄《すご》くいいし、そもそも王宮内はあまり無闇やたらに歩いていい場所じゃない。

僕はやっぱり、都会の人が溢《あふ》れた賑《にぎ》やかな街より、自然に囲まれた人の少ない田舎のほうが好きなのだ。人がたくさんいるところは苦手。

ベンチに腰を掛け、流れる噴水の水をぼーっと眺める。

透明な水が月明かりを浴びて白く光り煌《きら》めいている。

こうしていると、時間が流れるのを忘れられるのだ。暇つぶしにはもってこい。難点はやっぱり外が寒いことかな。温かい飲み物がないとずっといられない。魔法で周囲の温度を一定に保つことはできるけれど、あの魔法は苦手なんだよね。村にいた頃は知らなかった魔法だし、何より調節が凄く難しい。以前やった時、周辺温度を高くし過ぎて真冬なのに大量の汗を掻《か》く羽目になってしまった。内包魔力が多い人がやると、必要以上に出力してしまうんだよね。だから僕には向いてない。

それに、普段はできる限り魔法に頼らず、自然な環境のまま過ごす。村にいた頃、師匠に言われた、あまり魔法に頼りすぎるなという言葉をきちんと守っているわけである。

幸いローブを羽織っているから耐えられるし。

しかし、こうしてジッと水の音を聞きながらぼーっとしていると、非常に眠気が誘発される。本来の目的の一つは、これで達成できたのかな？　何だかこのまま眠ってしまいそうな感じだけど……。

「耐えろ僕……ここで、眠ったら……死んで、しまうぞ」

言葉とは裏腹に、瞼《まぶた》はだんだんと閉じてくる。視界が半分くらいになって、水の音も遠くなっていく。誰もいない寒空の下で、夜の庭園のベンチに座りながら眠りこける。……うん、悪くないかも。このまま眠ってしまおう。気がついたら朝、なんてことは多分ない。

夜は深くなるにつれて気温も下がるし、途中で寒さに震えて起きるだろう。

そんな確信を胸に、僕は眠りの中へと飛び込んだ。

◇

「……に…………い」

どれくらい時間が経過しただろうか？　僕はすぐ傍《そば》で微かに聞こえる声に目を覚ました。何だかつい最近聞いたような、鈴の音を転がすように透き通った綺麗《きれい》な声。うっすらと目を開けると、霞《かす》んだ視界。同時に、身体《からだ》が忘れていた寒気を思い出したかのように身震いする。寒空で寝るとこうなるか……気をつけよう。

段々とクリアになってきた視界で、声の聞こえた方向を見る。

と、そこには自分の想定しなかった人物が。

「……王女殿下？」

「──はっ！」

月明かりに照らされた美貌の王女殿下が、僕の耳元に顔を近づけたまま、驚いた声を上げた。

第三話　王女殿下とお話

「えっと……王女殿下？」

至近距離で彼女の美しい顔を見つめながら、僕は小声で呼びかける。気を抜けば額が触れ合ってしまいそうな程の距離なので、あまり大きな声で呼びかけるとびっくりしてしまうかもしれないし、何より威圧的に感じてしまうかもしれない。女性と接する時は紳士的に。亡《な》くなった祖父から教わったことだった。

だけれど、目の前の王女殿下は激しく動揺し、手をワナワナと震わせて顔を真っ赤に染めていた。可愛《かわい》い。

「あ、あの……その……」

「お、落ち着いてください。僕は怖いことなんて何もしませんから！」

落ち着かせ方が違うんじゃないかと一瞬思ったけれど、許してほしい。部署にいる女性陣は皆凶暴……いや、頼りがいのある方ばかりなのだ。王女殿下のようにか弱く守ってあげたくなるような女の子と接するのは、ほぼ初めてに等しい。流石《さすが》に妹のように扱うわけにはいかないし……。

一向に落ち着きを見せない殿下。顔を真っ赤にして慌てふためく姿はとても可愛らしい。だけど、このまま放置しておくのもよくないし……仕方ない。

「殿下」

「ひゃいッ！」

僕は王女殿下の右手を両手で包み込み、くいっと引いて顔をほんの少しだけ近づけた。ただでさえ近かった距離を、さらに詰めて。

「一旦、深呼吸をしましょう？　ほら、吸ってー、吐いてー」

「へ？」

困惑しながらも、僕の紡《つむ》ぐリズムに合わせてすーはーっと深呼吸を繰り返していく。しばらく続けているうちに、上気していた頬の赤みも引いていき、正常な呼吸リズムへと戻った。うん、これなら会話もできるだろう。

「お、お見苦しいところをお見せしました……」

「いえいえ。とても可愛らしかったですよ」

「か、可愛いって……」

再び頬を染める。

せっかく落ち着きを取り戻したのに、また錯乱させてしまう。

コホンッと咳払《せきばら》いを一つして、彼女と視線を合わせる。

「殿下は、どうして寒空の下に？　宮殿内の私室のほうが暖かく過ごしやすいと思いますが」

「す、少し外の空気を吸いたくて……。そしたら、その……レイズ様がいらして」

「あれ？　僕の名前をご存じで？」

「は、はい！　王宮内では有名ですよ？　史上最年少で宮廷魔法士になった天才だって」

興奮したように話す殿下を見て、僕の口元も緩む。まさか王族の方々にも認知していただいていたなんて……なんだか照れる。

いや、王宮内で有名というのは……正直どうなんだ？　部署的に。

「天才だなんて……僕は昔から魔法を使ってきただけです。宮廷魔法士になったのも強制的――失礼、偶然です。僕自身は凡人ですよ」

「凡人だなんてそんな……魔法の扱いでは右に出る者はいないとも聞いていますよ？」

「言い過ぎですよ。僕より魔法が上手な人なんて、この世界に何千人もいると思いますよ。それに、使えない魔法のほうが遥《はる》かに多い」

「それでも、宮廷魔法士になれるくらいは扱えるんですよね？」

「扱えなかったら、僕は今ここにはいませんからね」

話しながら、僕は殿下の緊張が大分解《ほぐ》れていることを確認する。もう普通に話せるようにはなったようだ。笑顔で僕と向かい合っているし。

それにしても、なんていうか殿下は結構な薄着をしている。この寒空の下、水色のネグリジェと、上に羽織ったコートを一枚だけ。これでは風邪を引いてしまうかもしれない。

「寒くはありませんか？　殿下。今夜はかなり冷え込んでいるはずですが」

「ふふ、大丈夫ですよ？　実はこのネグリジェ、生地が薄い代わりに寒さを軽減する魔法が――」

と、そこで殿下はハッと何かに気がついたかのように硬直した。そしてみるみる顔を赤く染めていき、開いていたコートの前をバッと閉じた。

なんだか、よく赤面する王女様だなぁ。

「わわわわわ私ったら……こんな薄着で殿方の前に……ッ！」

俯《うつむ》いてモゴモゴと口を動かしている姿から察するに、どうやら寝間着で僕と向かい合っているのがかなり恥ずかしいようだ。

まぁ、王女殿下の就寝する時の服装なんか滅多に見られないだろうし、そもそも人の寝間着なんて見る機会はかなり少ない。

僕なんてワイシャツを着たまま寝ることがほとんどだ。寝間着なんて正直どれでもいい。

何なら全裸でも眠れる自信がある。やらないけれど。

服装なんてほとんど気にしない僕と違って王女殿下――いや、女性たちは皆、就寝の際の服装にもかなり気を遣っているらしい。

「大丈夫ですよ。とても可愛らしいですから」

「そ、そういう問題では……はぅぅ」

恥ずかしそうにする姿も非常に可愛らしいです。王宮内でもその美しさが話題になっているけど、間近で見ると本当に綺麗だ。

銀色の髪からはいい匂いがするし、近くにいるとドキドキしてしまう。女性に対する免疫があまりないからだと思うけど。

僕は自分の羽織っていた魔法士ローブを脱ぎ、殿下の肩にかける。

「確かに、あまりそういった服装で男の前に出るものではありませんね。今後は控えてください」

「あ、ありがとうございます……」

ローブを片手でぎゅっと握り、俯きながら僕にお礼を言ってくれる。

どうやら、彼女も異性に対しての免疫がなさそうだ。

「殿下はやはり、と言うと失礼かもしれませんが、男性と話す機会はあまりありませんか？」

「は、はい。その、まわりは侍女ばかりですし、偶《たま》に話す男性は幼い頃から見知った人ですから。同年代の男の子とは、あまり話しませんね」

あはは、と恥ずかしそうに頬を引っ掻《か》きながら言う殿下。

やっぱり、王族ともなるとそう簡単に異性と会う機会がないみたいだ。理由の違いはあれど、僕も同年代の女の子と接する機会がないし、同じだね。

「ちなみに……レイズ様は、女性との交際経験があった、り？」

「……」

思わず黙り込んで目を逸《そ》らす。

いきなり傷口を抉《えぐ》って来るなぁ……。いや、願望がないわけじゃないんだ。一度女性と交際して、色々と経験してみるのもありかな、って思ったりもするよ。

だけど、時間がないんだよね。基本的にずっと部署に籠もってるし、休日も家で本を読んでいるくらいで外に出ないから……さっきから凄《すご》い視線を感じるんだけど、どうして殿下はそんなに不安そうにしてらっしゃるのでしょうか？

と、とにかく、殿下にこんな小さな嘘《うそ》を吐《つ》くわけにもいかないからね。

「……残念ながら、そういった経験はありません。何分、仕事であまり時間が取れませんから」

「そうなんですね！」

なんで嬉《うれ》しそうなんですか……。

「ふふ、安心しました。レイズ様が女性経験豊富な方でしたら、今までの私の態度を笑われてしまうかと思いました。生娘すぎるって」

「そんなこと思いませんよ。寧《むし》ろ、個人的にはそういった恥じらいを持てる女性のほうが好ましいですし」

「そ、そうなんですね」

殿下は両手で握り拳を作った。

そりゃあ、男をとっかえひっかえするような人よりは、一人の男を一途《いちず》に思ってくれるような人のほうが好きだよ。多分、世の男は大半がそうなんじゃないかな？　中には軽い女性が好きっていう人もいるかもしれないけど、少なくとも僕はそうじゃない。

「理想としては、一緒に男女間の経験をしていけるような人がいいですかね。最初は手を繋《つな》ぐことから始めて、みたいな……」

そこまで言ってから後悔した。

僕は何を聞かれてもいない自分の好みを赤裸々に語っているんだ！　しかも、こんな女性そういないよ。夢見すぎとか思われたかもしれないし、もしかしたら気持ち悪いとか……直接言われずとも、そんな印象を持たれたら心に刺さる。

今すぐに逃げ出したい衝動に駆られ——え？

「あの、殿下？」

殿下が僕の右手を、白く柔らかな両手で包み込んでいた。

驚いて彼女を見ると、その頬は赤く染まり、恥ずかしそうに目を背けていた。

ど、どういう状況？

困惑していると、殿下が上目遣いで僅かに僕を見上げた。

「えっと……手を繋ぐって、こんな感じですか？」

「——ッ」

「わ、私も、初めてなんです。同世代の男性と、手を繋ぐのって」

赤くなっているであろう頬を隠すように、僕はもう片方の腕で顔を隠す。

そんなこと言われたら、僕まで恥ずかしくなってきます……。

身分の差を考えればこんなことを考えることも烏滸《おこ》がましいことなのかもしれないけれど、こう、なんというか、とてつもなくグッときました。心拍数が速くなっているのを自覚してしまうくらい、ばっちりと不意打ちが決まった瞬間だった。

「で、殿下……恥ずかしいのなら、無理をなさらなくても」

「れ、レイズ様こそ恥ずかしがっているではありませんか！」

「可愛《かわい》らしい女性にこんなことをされれば、誰だってこうなると思います」

「か、かわ――ッ」

バッと殿下は僕の手を離し、背中を向けてしゃがみこんでしまった。手が離れたことにより、僕も心臓の鼓動を抑えるように深呼吸。

ま、まさかこんなことになるなんて思わなかったなぁ……。月明かりの下、王女殿下と手を繋いで、互いに赤面して恥ずかしがって……どこの恋愛小説だよ！　僕はそんな格好いい王子様でもないし、恐れ多すぎる。

「あ、そういえば時間」

今まで忘れていたけど、今は深夜。本来王女殿下がこの時間にここにいてはいけないのだ。

空を見上げると、月が真上の位置にまで昇っていた。つまり、日付は既に変わっている。

僕は羞恥心を極限まで抑え込み、なるべく平静を保ちながら殿下に声を掛ける。

「さ、殿下は私室にお戻りになってください。夜ふかしは美容に悪いですよ？」

「え？　あ、もうこんな時間」

いそいそと立ち上がり、僕と殿下は宮殿内に通じる扉へと歩いていく。互いに顔を見ないように背けながら。あんなことがあったばかりなのだ。今向き合えば……間違いなくお互いに恥ずかしさで悶《もだ》えてしまうよ。

僕は執務室の自室に向かい、殿下は王宮の本館に向かう。明日も仕事があるし、早く寝ないと……ん？

「姫様！　ここにおられましたか！」

突然焦《あせ》った声と共に庭園へと続く扉が開かれた。

出てきたのは、白い騎士服を着た美青年だった。彼は長い金髪を靡《なび》かせ、腰には装飾の施された片手剣。端整な顔立ちに焦りを滲《にじ》ませ、王女殿下の下へと駆け寄る。あの人は、よく王宮内で見る人だ。えっと、名前は何だったたか、わからないけど。

とにかく、王女殿下が部屋にいないから捜しにきたんだろう。彼女、誰にも言わずに黙って部屋を抜け出してきたのか？　中々大胆なことをなさる。

感心しながら呆《あき》れていると、何故《なぜ》か青年は駆け寄って来る速度を上げた。次いで腰元の片手剣をスラリと抜き放ち――。

「貴様ッ！」

「え？　ちょ――ッ！」

僕の頭上から凄い速さで剣を振るって来た。大慌てでレイピアを抜刀して、刃《やいば》の腹で受け止める。あっぶな！　凄い重さだ。相当の実力者なんだろうけど、いきなり敵でもない宮廷魔法士を殺しに来るのはどうなんだろう？

「何者だ！　姫様に不用意に近づくとは無礼だぞッ！」

「一応関係者なんだけど、なぁ」

僕がここに来たのは数ヵ月前だから、知らなくても無理はないけど。今の部署からほとんど外に出ないし。彼には僕が、王女殿下に迫る部外者に見えたみたいだ。

けど、黙ってやられるのも癪《しゃく》だし……仕方ない。

そっちがその気なら、雷魔法で気絶していただいて――。

「何をしてるのアルッ！」

王女殿下が叫ぶと同時に、金髪の青年が飛び退《の》き片手剣を納刀。僕もレイピアに纏《まと》わせた雷を消失させ、刃を鞘《さや》に納めた。はぁ、なんで仕事の休憩に殺されるような経験をしなければならないのか。やっぱり今年の僕は運がないのか？

攻防を間近で見ていた王女殿下が僕の傍《そば》へ。

「レイズ様、お怪我《けが》はありませんか？」

「大丈夫です。けど、次に手を出されたら、こちらも黙ってはいられません」

相手が攻撃してくるのに、こちらは防戦一方、なんて展開は好みじゃない。今も僕のことを鋭く睨《にら》み付けてるし、少し教育してあげたほうがいいかも。

「姫様、そんな得体の知れない輩《やから》の傍に居ては危険です。すぐに離れてください」

「この人は危険な人なんかじゃない。というか、いきなり斬りつけるなんてどういうつもりなの？」

対抗するように、王女殿下は僕の腕を抱きしめる。おぉう、薄着だから、身体《からだ》の感触がよく伝わる。

しかし、姿を見ただけで斬りかかって来るような危ない人に危険とか言われたくない。どちらかというと王女殿下の傍で刃物を振り回してる彼のほうが危険人物だろう。こんな人を王宮内にいさせてもいいのか？

青年はとても不満そうに僕を睨んだ。

「おい貴様、姫様に何かしたのか？」

「一体何をどう解釈したらそうなるんですかね。ただ少し、殿下とお話をしていただけですよ？」

「信用できんな。そもそも、貴様のような小僧がなぜ王宮にいる。ここは関係者以外立ち入ることは許されんぞ」

「なら、僕は条件を満たしてますね。一応これでも宮廷魔法士なので」

「なに？」

青年はちらりと王女殿下を見る。その瞳は、「本当ですか？」と聞いているようだ。

「本当よ。レイズ様は最年少で宮廷魔法士になられた御方《おかた》。王宮にいても、何ら問題はないわ。だから、いきなり攻撃したことは、貴方《あなた》に一方的な非があるわ」

「……そうですか」

心底不服そうだ。僕が宮廷魔法士であるということも、王女殿下が自分に非があると言ったことも、全て。この一連のやりとりを見ただけで、僕はこの青年が苦手だなと感じたよ。性格というか思考というか、とにかくこの人と僕は合わない。

「姫様。夜も遅いですので、部屋にお戻りください。侍女が心配しております」

「アル……」

「それと、その子供の腕をそろそろ離しては？」

「あ」

王女殿下はバッと大慌てで頬を赤くしながら離れる。

ふむ。どうやら彼女、衝動的に行動してしまうことが多いようだ。で、後から冷静になって自分の行動をものすごく恥ずかしがる。その姿はとっても可愛いし、見てるだけで癒《い》やされるのですが。

「そんなに謝らなくても。あ、でも次からはもう少し厚着でお願いしますね」

「ごご、ごめんなさい！」

「～～～～～」

何が言いたいかはすぐに理解したようで、プシューッと茹《ゆ》で蛸《だこ》のように真っ赤になってしまった。初心《うぶ》。とてつもないくらいに初心だ。青年からの視線が強くなった気がした。

「さて、今度こそお部屋に戻りましょうか。彼がこれ以上怒ると、本気で僕を殺しに来そうですので」

「申し訳ありません、レイズ様。彼は、その、少し王家に対しての忠誠心が篤《あつ》くて……」

「それはいいことですが、少し面倒ですね。今後は、僕と会うことも控えたほうがいいかもしれませ――」

「それは嫌です♪」

とてもいい笑顔。

なぜですか……。

「姫様、お早く」

「わかったわ。では、また」

一礼した王女殿下は青年と連れ添って、扉の奥へと消えていく。

扉を閉じる直前、青年が冷え切った目で僕のことを睨み付けていたけれど、特に気にしないことにした。それにしても、あんな危ない人を王族の傍に置いていいのか。まぁ王家に対する忠誠心はとても篤いようだし、危害を加えるようなことはないだろうけど。ただ、少しでも王家に対してよくないことを言えば、問答無用で斬り殺されそう。称賛以外は受け付けない、って感じだ。

王女殿下とこれから会う時は、あの人が傍についているのかもしれない。そう思うと、溜息《ためいき》が漏れてしまう。

「随分と面倒臭い人がいたもんだなぁ」

「何がだ？」

不意に聞こえた声に、思わず身体がビクッとなった。びっくりした。気配なんて感じなかったから、てっきり庭園には誰もいないと思っていたのに。

振り返ると、どうやらサボりから帰って来たのであろう人が。

「エルトさん、なんでここに？」

「あん？　別の部署に書類出しに行った帰りだ」

あ、サボってたわけじゃないんだ。いつも何処《どこ》かに抜け出していくから、てっきり今回もそれかと。

「でも、何処か行く時は誰かに話してから行かないと。ヘレンさんが捜してましたよ？」

「あー……あのババァはキレると面倒臭いからな」

エルトさんはガリガリと怠《だる》そうに後頭部を引っ掻《か》く。その言葉、ヘレンさんに聞かれたら本当に殺されますよ？　あと、彼女は確か二十代半ばだったはず。そんな呼ばれ方をする年齢じゃないと思うんだけど。

「それよか、お前こそなんでこんなとこにいるんだよ。仕事はどうした？」

「明日の分まで終わらせたら休憩に行ってこいって命令を受けました」

「あぁ、お前休憩取らずに仕事してるんだもんな。だから持ち分終わらせるの早いんだよ。適度に休まねぇと、いつかぶっ壊れるぞ？　仕事ってのは休める時に休むもんなんだよ」

「そういうものですか」

「そういうもんだ」

精一杯仕事をすればいいというものでもないらしい。うーん、難しい。

「そういえばお前、さっき面倒な奴《やつ》と話してたな」

「！　あの人を知ってるんですか？」

「一応な。あれはまぁ、クソ面倒臭《めんどくせ》ぇ奴だよ。あんま関わらないほうがいい」

柱に背中を預けたエルトさんは、王女殿下たちが消えていった扉に視線を移した。

「名は、アルセナス＝クロージャー。王家の護衛を担当している親衛隊の副隊長だ。見てくれはいいから、女にはモテる。部下の面倒見も良いってよく聞くな」

「親衛隊の副隊長……」

意外と重要な役をになっている人だった。エルトさんの話を聞く限り、悪い人には思えないけど、相対した時の感じとはまるで違う。疑わしきは罰せよを信条に掲げているんじゃないかと思うくらい。

「で、これが一番の問題なんだが、どうにも奴は王家に対する忠誠心が篤すぎる。お前にご執心なお姫様や王族の連中に対して害ある者と判断すれば、問答無用で殺しにかかるくらいにな。隊長が手焼いてるって愚痴ってたぜ」

「なんでそんなのを副隊長にしてるんですか」

「俺らには到底及ばないが、なまじ実力があるからな。上級魔法も幾つか使いこなすはずだ。超位は流石《さすが》にないけど」

「超位を使えたら親衛隊にはいないと思いますよ」

「まぁな。レイズの反応から察するに、斬りかかられたのか？」

「防ぎましたけどね。余裕で」

「意外と負けず嫌いだな」

確かに強かった。けど、あの人だけには負けたくない。次やったら本気で反撃するからね？

「寒いし戻るか」

「そうですね。あれ？　調節魔法使ってないんですか？」

「あぁ、昔やったら真夏に極寒地獄作っちまったから、あれは非常時以外使わねぇ」

僕と同じ理由か。

魔力が多すぎるのも、難儀なものですわ。

第四話　宮廷魔法士の仕事

王女殿下とお話ができたからといって、普段の日常には何の変化もない。

朝早くに起きて仕事をして、他の人よりも早くに仕事を切り上げて帰宅するか、執務室に泊まる。仕事も資料作成や整理などがほとんどで、外に出て実戦なんてことはほとんどない。今は戦時下でもないのでそれが当然なんだけれど。

「イメージと違いすぎるなぁ」

ぼやく。

僕が宮廷魔法士になる前に想像していた仕事とはかけ離れている。

イメージとしては、輝かしいローブを身に纏《まと》った魔法士たちが威風堂々とした立ち振舞いで王宮を闊歩《かっぽ》し、国の危機となれば颯爽《さっそう》と駆けつけ問題を解決する。同僚たちは皆超一流の魔法士で、つけいる隙が一切ない。そんな高貴で民衆の憧れである存在。

だけど、現実は違った。

実際は毎日毎日どこかの会議で使用する資料の整理や、王都を巡回することによる治安維持、非常時に対応できるように魔法の戦闘訓練を自主的に行う。これがほとんどだ。

威風堂々とした立ち振る舞いなんてものはほとんどしておらず、大半の者が疲労や眠気を抱えて不健康そうな顔つきをしており、歩く速度も何処か遅い。時々倒れないかな？なんて心配になるくらい。つけいる隙がないかと言われれば人それぞれなのだけれど、僕に対しては大抵の人が優しく接してくれる。多分、年齢が一番下なのだし、別に威圧するような人柄でもないからだと思う。よく知らないけれど。

太陽が真上より少し西寄りに傾いている時間、僕は同じ部署の先輩であるエルトさんと一緒に王宮西部にある訓練場に来ていた。彼は仕事服である魔法ローブに身を包み、いつも着けている紅《あか》のイヤーカフを光らせ、赤いステッキを片手に持って空に向かって魔法を放っていた。

炎属性中距離上級魔法——炎登龍《えんとうりゅう》。

王都でも指折りの魔法士しか使うことが叶《かな》わない魔法。炎の龍は天高く昇り、爆発するように熱風を撒《ま》き散らしながら消失。威力、速度、魔力の量、いずれも一流と言って差し支《つか》えない程のできだ。

「流石ですね、エルトさん」

「こんなレベルの魔法なら、うちの部署なら誰でもできるだろ」

真紅の短髪をかきあげながら、エルトさんは水の入った水筒に口をつける。使い手の限られる上級魔法をこんなレベルですか。流石です。

「うちの部署の人たち、魔法のレベル高いですからね」

「逆に魔法の扱いが平均以下の奴がうちの部署に入れるわけないだろう。普段は雑務ばっかりやってるけどよ。最低条件ってのがあるんだよ」

「本当の仕事をしたことがない僕からすれば、普段の雑務のほうが本仕事に思えてきます」

「そんなわけないだろうが。滅多に仕事のない俺らに仕事をさせるために、上層部がやらせてるんだよ。ほら、次はお前の番だ」

訓練場の中央から離れて木陰に入るエルトさん。うーん、困ったな。

「僕、普通の魔法はあんまり得意じゃないんですよね」

「ま、やってみろ。得意じゃなくても近距離中級魔法程度ならできるだろう?」

笑いながら言ってくるけれど、本当に苦手なんだ。

魔法というものにも種類があり、それぞれ性質による七つの属性——炎、水、風、地、光、闇、無——や、有効射程範囲——近距離、中距離、遠距離——、会得《えとく》の難易度——初級、中級、上級、超位——によって分類されている。

魔法士の中では属性よりも得意な有効射程範囲が重要視されることが多く、大多数の魔法士たちは幅広い距離にまで有効な魔法を会得しようとするのだ。

特徴として、近距離は有効射程範囲が短い代わりに絶大な威力を持ち、中距離は威力は劣るものの、近距離の数倍の射程範囲を誇る。基本的に魔法士が会得するのはこの二つだ。この二種類の距離の魔法を複数個会得すれば、王宮魔法士も夢ではないと言われている。

そして、最後に残った一つ。

遠距離は遠方にまで魔法が届く代わりに、威力を極限まで抑えたものになる。更に、使用の際は正確に的に命中させる必要があるため、無属性近距離中級魔法――視覚強化を併用し続けることが必須。その性質上、会得しようとする者が限りなく少ない系統なのだ。

「――氷結露《ひょうけつろ》」

僕は全く乗り気でないまま、水属性近距離初級魔法――氷結露を発動。足元の地面の表面にうっすらと霜が降りたような白さが浮かび上がり、パリッと音を立てて広がっていく。

それを見て、エルトさんは溜息《ためいき》を吐《つ》いた。

「初級魔法って……本当、得意な魔法以外はからっきしだよな、レイズって」

「得意と不得意の差が激しすぎるんですよねぇ。仕方のないことなんですけど」

「近距離では初級魔法ですらこれとは。お前の魔力内包量なら、初級でも王宮全体を凍らせるくらいできないとな」

「できてもやりませんよ！」

盛大にツッコミをかましながら、僕は凍らせた地を踏み鳴らしながら木陰へと足を踏み出す。

別に、悔しくなんてないよ。ただ昔から、一つのこと以外はうまくできない質《たち》だったし……。魔法も、これは仕方ないことなんだ。本当に悔しくないからね？

「それよりお前、イヤーカフは着けとけよ？　万が一もある」

「いや、何だか苦手で」

「ったく……ま、今はいい」

エルトさんは若干不機嫌になった僕を感知したのか、執務室への帰り道で紅茶を買ってくれた。

優しい。

◇

この王都には他では見られない奇妙な光景がある。

それは、王都の建物の屋根に無数に設置された、大小様々な鏡だ。長く丈夫な棒が立てられ、その頂点に取り付けられている。

今から数ヵ月前に設置されたそれらは当初、王都の民に疑問に思われていたのだけど、王宮より民に向けて伝えられた、外の魔獣を仕留めるための鏡だという説明を受け、今では何事もなかったかのように受け入れられている。

もちろん、あれを使ってどうやって倒すのだという疑問はあったのだけど……実際に結果が出ているから、文句も何も言えないんだ。

エルトさんと訓練をした翌日の朝。

まだ朝日も昇っていない空が青く染まる時間帯に、僕は王宮の別館へと足を運んでいた。

無人の建物内に足音がよく響き渡る。

いや、それにしても寒い。外気温調節魔法を使っていないから当然なのだけれど、この寒さは応えるものがある。鳥肌が収まらない。

薄暗い館内を照らすために発動している光魔法——光球に照らされた息が白くなっている。気温は氷点下を下回っているな。寒すぎる。

「全く、なんで僕がこんな仕事を……」

ぶつぶつと文句を言いながら階段を上っていく。

こんな朝早くから僕がここにいる理由は一つ。

宮廷魔法士になった際に言い渡された仕事をするためだ。

毎日早朝、この別館の屋上に上り、とある仕事を手早くこなす。屋上は王都のどの建物よりも高く、都だけでなくその外側までを一望できるのだ。とてもいい景色。王都の中でも一番なんじゃないかな？

だけど当然、その景色を毎日眺めるなんて仕事内容じゃない。簡単ではあるけれど、面倒臭い仕事だ。

階段を上りきり、屋上に続く扉を力を込めて開け放つ。吹き込んだ風がとても冷たく、風のなかった館内よりも寒く感じる。多分気温は同じくらいなんだろうけど、やっぱり風の有無で体感温度が違うんだろうな。

「さっさと終わらせて、もう一度寝よう」

欠伸《あくび》を一つ零《こぼ》し、屋上の端へと移動する。その間に腰元のレイピアを抜き放つ。シャリンッと甲高い金属音を響かせたその刀身は、鉄特有の銀色ではなく蒼色《あおいろ》の光沢を放っている。

「さ、いるかな？」

無属性近距離中級魔法――視覚強化を発動。視界がクリアになり、先程まで見えなかった遠くの景色が鮮明に見えるようになる。朝のカフェテリアで新聞を読む人。玄関前を掃除するご老人。そして、更に遠く離れた場所――王都郊外の森から出てくる十数体の怪物の姿。

魔獣と総称され、魔石と呼ばれる心臓を体内に持つ、一般的な生物とは異なる存在。性質は凶暴そのもので、獲物を見つければ骨すら残さない食欲も併せ持つ。

そして何よりも強い。魔法を使えない一般人が遭遇すれば、まず間違いなく死ぬ。人を襲うことが非常に多くあるため、発見次第逃げなければいけない。逃げ遅れれば、命はない。

だが、逃げてばかりいると魔獣の数が増える一方。ますます外に出るのが難しくなってしまう。

できる限り安全に外に出ることができるように、定期的に宮廷魔法士が外に出向き、討伐をしているのだ。

僕が宮廷魔法士になる前は。

「〜〜♪」

鼻歌を歌いながら、僕は魔力を込め、レイピアの刀身に蒼い稲妻を走らせていく。バチバチと弾《はじ》けるそれらを纏った剣を構え、横薙《よこな》ぎに振るった。

「──蒼電雷光《そうでんらいこう》」

蒼い稲妻は十数の槍《やり》となり、王都の街に向かって飛来。一体何処《どこ》を狙って放たれたのかと思える雷の槍は、街に立てられた無数の鏡で何度も何度も反射した後、外で獲物を待っていた魔獣を一匹残らず正確無比に穿《うが》つ。雷槍《らいそう》に貫かれた魔獣は地に倒れ伏し、紫色の血を吹き出しながらぴくんっと痙攣《けいれん》を繰り返している。

あの鏡は魔法の威力を保持し、魔力を反射する特別な性能を持っているのだ。

僕の毎朝の仕事。それがこれだった。

この別館の屋上から王都郊外を見渡し、確認した魔獣を遠距離から討伐しろ、という何とも人使いの荒いことこの上ない仕事だ。まぁ、僕がこの役目を担《にな》ってからというもの、態々《わざわざ》朝早くから魔獣討伐に赴く魔法士がいなくなったのはよかったことなのかもしれないけれど……。その分、僕が苦労する羽目になっている。得意な魔法を使い、危険もなく倒すから楽ではあるのだけど、とにかく眠い。明らかに睡眠時間が削られている。

だから、二度寝の時間を確保するために――。

「さっさと他のも終わらせてしまおうか」

それから約三十分、僕は鼻歌交じりに魔法を放ち、郊外に巣くう魔獣を穿ち続けた。

先日の訓練では一切手を抜いたりしていない。僕は特定の種類以外の魔法が本当に苦手なんだ。

特定の魔法――全属性超遠距離全級魔法以外は。

第五話　おつかい（強制）

朝の仕事を終えて、僕は漏れ出た欠伸を噛《か》み殺しながら自分の執務室に置かれたソファに転がっていた。ふかふかで上等な白いソファは寝心地がよくて、ついつい仕事のことを忘れて居眠りをしてしまう。別に少しくらい居眠りしていても仕事に支障はでないから全然いいんだけど。なんなら丸一日寝転がっていてもいいくらいだ。今日の分はすでに昨日終わらせてしまったし。

そのまま天井を見上げていると、すぐに強烈な睡魔が襲来してきた。

こんな時に眠れるのは、毎朝早くに起き、大変な仕事を終えた僕に許された特権だ。

他の人が出勤してくる時間に、こうして惰眠を貪れる。寝起きは気分が悪いけど、この瞬間においては早起きして良かったと思える。

このまま数十秒も経過すれば、僕は夢の世界へと旅立っていくことだろう。とても気持ちのいい、人生において一番の快楽とも言える旅に。身体《からだ》がふわふわしてきて、とてもいい気分。

あぁ、色々考えているうちに、だんだん意識が……消えかけて……。

「――レイズ」

消えかけていた意識が一気に覚醒。

僕は不機嫌さを隠すことなく舌打ちし、大きな音を立てて開かれた扉を注視。

誰だ、一体。僕の貴重な朝の睡眠時間を妨害する不届き者は。あとちょっとで眠れそうだったのに……。

ついつい扉を開けた不届き者の脳天に雷の槍を突き刺してやりたい衝動に駆られるも、我慢。本当にはしないけど。

頭をガリガリと引っ掻《か》いて、起き上がる。

扉の前にいたのは、毛先にいくほど黄緑色になる金色の髪をサイドテールに纏《まと》めた女性。サイドに一房だけ染められた髪を揺らし、金色の瞳を僕の方へと向け、荒くなった息を整えるように深呼吸を繰り返している。

彼女は――。

「アリナさん……」

勝手に下りてくる瞼《まぶた》を擦《こす》りながら名前を呼んで溜息を吐く。

彼女は僕の所属する部署の先輩である、アリナさん。

いつも眠そうで、何かと僕を子供扱いして色々とやらせる、悪い先輩の代表格と言って

も過言ではない人だ。怒るとすごく怖いと言われているけれど、本当のところはどうなのか知らない。見たことないから。

ちなみに人を甘やかす時はとことん甘やかす性格でもある。

今朝の不届き者となったアリナさんに、面倒臭いことを隠す気のない視線を向けた。

「……なんですかいきなり。僕は早朝の掃除が終わって寝ようとしていたところなんですけど」

「それは申し訳ない。けど、眠っている暇はない」

「？　どういうことですか？」

眠りかけた頭では、いまいち状況が理解できていない。

アリナさんがここまで焦《あせ》ってるってなると、よほど大変なことが起きたんだろうけど……。まさか――ッ！

「危険な魔獣が出現――」

「王都の喫茶店チェリーに新作のケーキが発売される！　しかも数量限定でッ！」

思わずソファから滑り落ちるところだった。

「は？　な、なんですか？　ちぇりー？　ケーキ？　チェリーケーキが食べたいってことですか？」

「違う。喫茶チェリーで今日から発売される新作のマロンケーキが食べたい！」

　普段眠そうにしている彼女からは考えられないほどの剣幕でまくし立てられ、唖然《あぜん》としてしまった。

　なに？　たかだかケーキがどうしてここまでアリナさんを駆り立てるの？　そんなに新作ケーキが凄《すご》いの？　ていうか、それだけのために僕を叩《たた》き起こしたの？　なんて時間の無駄で傍迷惑《はためいわく》な……。こっちは睡眠時間足りてないんですが。

　こんがらがっている頭をまとめようと必死になっていると、急にアリナさんが僕に近づき、上から覆いかぶさって僕の首に手を置いた。

「ぐ……」

「命令。今すぐ、買いに行ってくれない？」

「命令なら、拒否権……ないじゃ、ないですか。というか、摑《つか》むなら首じゃなくて……肩」

「ごめん」

　僕が掠《かす》れた声で言うと、アリナさんはすぐに手を首から離してくれた。本当に死ぬかと思った……。もう正直この場から逃げ出したい。だけど、この人から逃げられたことなんて今まで一度もない。

「それで……僕にどうしてほしいんですか?」

「買ってきて」

「それくらい自分で行けば……」

「今日は孤児院のほうに出向く用事があるから、行くことができない。なら、代わりの人に頼むしかない。仕事を早々に終わらせていて、私よりも年下で、且《か》つ扱いやすそうな人に」

「うちの部署の人がなんで孤児院に行く用事があるんですか。しかも該当する人物、完全に僕じゃないですかぁ……」

ジト目で見つめるが、何も言ってくれない。

この人にとっては、僕なんて専属執事も同然の存在なのかもしれないな。

というか、部署の後輩というだけでよくここまでこき使うことができるな。逆に尊敬するよ。

だけどまぁ、そのくらいならいいかな。おつかいだと思えばそれでいいし、僕の今日の仕事は終わってる。時間もあるので、ついでに王都を散策するのもありかもね。眠いのは、致し方ない。これ以上抵抗すると本気で殺される。

「まぁ、それくらいならいいですよ。マロンケーキでしたっけ?」

「そう。五つ買ってきて」

「そんなに食べるんですか？」

細い身体のどこにケーキが五つも入るのだろうか？　僕なんてケーキ一つ食べればお腹《なか》いっぱいになるくらいなんだけど。

と、アリナさんは首を横に振った。

「みんなで五つ」

「……アリナさん」

ついつい頬が緩んでしまう。

普段は眠そうで僕に対して傍若無人に振る舞っているけれど、根は仲間思いで優しいんだよなぁ。

部署の皆《みんな》でお茶っていうのも悪くない。よし、店が開く時間に間に合うように、急いで行こう。

「おつかい、承りました」

「ん。はいこれお金」

手渡されたお金を受け取り、自分の財布の中にしまう。結構な金額だけど、もしかしてそれなりに値段の高いものなのかな？　まぁ、買えるならいくらだろうと構わない。僕のお金じゃないし！

「ちなみに、断ってたら自分で買いに行ってました？」

「行かない」

「？　じゃあどうするんですか？」

「レイズが買いに行くって言うまで、痛い目を見てもらう」

舌なめずりをして、そんなことを言い放った。

前言撤回。

この人、僕に対しては全然優しくないし、意地悪することを楽しんでます。

酷《ひど》い。

第六話　相席した人は

「結構混んでるな」

　喫茶チェリーの開店時間の少し前に店の前に来ると、既に十数人の客と見られる女性たちが列を作って並んでいた。この様子だと、開店時間よりもかなり前から並んでいた人もいるみたいだ。そこまでして食べたいものなのかちょっとわからないけれど、きっと女性にとっては新作ケーキというだけで、喉から手が出るほど欲しいものなんだろう。

　僕は最後尾と書かれたプラカードを持った店員と見られる女性を見つけ、そちらに向かって歩いていく。列に並び懐中時計を開いて時刻を確認すると、丁度開店時間になっていた。並んでいた女性たちが次々と店の中に入るのがわかる。

　これなら、持ち帰りの僕はすぐに帰れそうだ。

「お次でお待ちの方？」

「はい」

「店内でお召し上がりですか？」

「持ち帰りで」

すぐに僕まで順番が来た。

ケーキがたくさん並んでいるショーウィンドウを覗《のぞ》き込み、アリナさんからの注文であるマロンケーキがあることを確認する。

あった。残り五つになっているから、ギリギリセーフ。やっぱり新作でこれを目当てに来ている人が大多数だから、減るのが早いなぁ。別に買えるから全然いいんだけどね。

「えっと、マロンケーキを五つ——」

頼もうとし、僕はそこで気がついた。

僕の後ろに並んでいた女性が、絶望したような表情をしていることに。

いや、わかる。マロンケーキが目当てで来て、それが目の前で全部売り切れてしまったことにショックを受けているんだろうけど……そんなこの世の終わりみたいな顔をしなくても……。

あ、目が合った。

小動物みたいな瞳でジッと見つめてくる。いや、そんな訴えられても……。

「……四つで」

代わりにベリーのケーキを一つ注文しました。

◇

「で、どうしてこんなことに？」

僕は机の前に置かれたショートケーキとミルクティーを見て、対面に座る女性を見た。

スラッとした体軀《たいく》に、どこか強気で力強さを感じる紅玉の瞳。肩まで伸びる艶《つや》やかな黒髪。客観的に見てもとても綺麗《きれい》な方であることは、僕にもわかる。店内の多数の視線を集めていることからも、それは決定事項だろう。

彼女はジッと僕の顔を見つめて、時折「へぇ……」なんて意味深なことを言いながら頰杖《ほおづえ》をついていた。

「あの、どうして僕は貴女《あなた》と相席してお茶をしているんでしょうか？」

「私がそうしたい気分だったからよ。何か問題がある？」

「いえ、別にあるわけではないですが……」

女性はとても強気に僕の質問に答えた。

なんだろう。さっきまでマロンケーキを取られそうになって泣きそうな顔をしていたのに、今はどこぞの悪徳令嬢のような雰囲気だ。僕は別に気にしないけれど、こういう態度が嫌いな人はかなりいると思う。

別に、僕は気にしないよ？　本当に。

色々と思うことはあるけれど、一先《ひとま》ずケーキを食べよう。フォークでベリーの横にあったイチゴを突き刺して口に含む。甘酸《あまず》っぱい美味《おい》しさが口内に広がった。美味しい。

「……イチゴから食べる派なのね」

「え？　違うんですか？」

「私は最後に食べるの。果物は最後のお楽しみにね」

「どっちみち食べるんですから最後だろうと最初だろうと同じでしょうに」

「わかってないわね。これだから男の子は」

「はぁ」

心底どうでもいい。

というより早く帰りたい。早く帰らないと遅いと言われてアリナさんから暴力を頂戴する羽目になってしまう。じゃれあう程度の軽いものだけれど。

対面の女性は念願だったマロンケーキを口に運ぶと、とても幸せそうな表情で「ん??」っと言いながら頬を綻ばせている。

「はぁ～幸せ。やっぱり抜け出してきて正解だったわ」

「抜け出してきた？」

「あぁ、こっちの話だから」

「はぁ」

「それより、ありがとね。これ、譲ってくれて」

つんつんとマロンケーキをフォークで小突きながら微笑《ほほえ》み、感謝を述べる女性。

「いや、流石《さすが》にあんな子犬みたいな表情されたら譲りますよ」

「うっ……だって、前の人が五つも買うとは思わないじゃない。というか買いすぎよ」

「僕はおつかいを頼まれただけですからね。一人であんなに沢山食べるはずがないでしょう？　日常的にこんなもの食べてたら、太ります」

ん？　店内の温度がなんか下がった気がするけど、気のせいかな？

「そ、そうね……体型は気にしなくてはいけないことよね」

「別に、貴女に言っているわけではないですよ？　十分今のままで綺麗だと思いますし」

「ありがとう。そう言ってもらえると嬉《うれ》しいわ。でも、そうね。そういうことはもう少し照れながら言ってもらえるとポイントが高かったわ」

「別に照れるようなことでは……」

客観的事実を言っただけですし、何だかそういった面を見せると、とことんペースを乱されそうで怖い。

「む、女の子みたいな顔しているのに、意外とプレイボーイ？」

「誰が女の子ですか」

僕はれっきとした男です。

けど、最近というか出会った時からなんだけど、アリナさんにも女装が似合いそうだみたいなことをよく言われる。確かにエルトさんみたいに男らしい顔立ちではないかもしれないけど、性別間違えるのだけはやめてもらいたい。

「あ、いけない。そろそろ来るわ」

そう言って彼女はいそいそと皿の上のケーキを平らげ、ガタッと椅子から立ち上がる。

それにあわせて、僕も。

「僕もすぐに戻らなければならないので」

「あら、そうなの？　ごめんなさい、無理に付き合わせてしまって」

「構いませんよ。ケーキ、ごちそうさまです」

二人で店を後にし、別れの挨拶を述べて立ち去ろうとした、その時。

「レナ様ッ！」

一人の執事服を身に纏《まと》った中年の男性がこちらに走ってきて、隣の女性へと近づいた。

まぁ、大体推測はできていたけど、やっぱりそういうこと？

「あら、見つかっちゃった」

「お戯《たわむ》れが過ぎますッ！　我々がどれだけ捜し回ったと――」

「悪かったわ。お小言なら屋敷《やしき》で聞くから、早く帰りましょう」

「全く、貴女という人は」

諦めたように溜息《ためいき》を吐《つ》いた執事さんは、次に僕の方へと向き直った。

「お嬢様が、大変ご迷惑をおかけいたしました」

「い、いえいえ、そんな……やっぱり、王国の貴族様でいらっしゃいましたか」

なんとなく、そんな気はしていた。抜け出したとか言っていたし、多分行動が制限されている厳しい家柄の令嬢なのだろうと。

執事さんは頷《うなず》き、女性――レナと呼ばれた彼女を紹介した。

「この御方《おかた》はフロレイド＝オーギュスト公爵様のご息女であらせられる、レナ＝オーギュスト様でございます」

「こ――ッ！」

公爵……貴族の中でも最高位の爵位だ。

それを聞いた瞬間、僕はさーっと血の気が引いていくのを感じた。

「ロイド。その辺でいいでしょう？　行くわよ」

「はっ」

一礼し、執事さんはレナ様?の後ろへと控える。

「じゃあ、また会いましょうね。レイズ」

「え?」

どうして僕の名前を、という問いをすることは叶《かな》わなかった。彼女はすぐに背を向けてしまい、遠くへと歩いていってしまったから。

呆然《ほうぜん》と立ち尽くす僕は、小さくなっていく背中を見つめ続ける。時間を忘れて、店内で失礼を働いていないかひたすら考えるのだった。

……失礼なことしか言ってないかも。

第七話　姫様はご機嫌斜めです

「なぁ、気づいてるよな？」

オーギュスト公爵令嬢と出会って数日後の昼休み。いつものようにエルトさんと中庭のベンチに並んでサンドイッチを食べていると、どこか青ざめた様子で彼は僕に呼びかけた。

マロンケーキを皆で食べている時とはまるで違う、食事中に猫を発見したネズミのような表情をしている。

あ、ケーキはとっても美味《おい》しかった。僕はベリーだったけど、エルトさんにマロンケーキを少し分けてもらえたので食べることができました。

アリナさんは絶対に分けてあげないと言っていたのが、とても記憶に残っている。

「さすがに、見えてますよ」

視線をできるだけそちらに向けないようにしながら、エルトさんの問いに答える。

もしかしたら、僕も肌が青白くなってるかもしれない。妙に寒気がする。横に置いてあった愛剣を手に取ると、少しだけ落ち着く。動悸《どうき》が正常になっていくようだ。

その状態で、エルトさんに向き直った。

「彼女……なんでこっち見てるんですか」

「いや、どう考えても原因はお前だろ。俺を見るはずがない」

「いやいやわかりませんよ。もしかしたらエルトさんの大ファンで、一度お目にかかりたいと思っていたのかもしれません。ほら、訓練場で上級魔法をいとも容易《たやす》く操っているじゃないですか！」

「んなわけないだろ。既に何度も見かけてるし、話しかけられたこともなかった。というか――」

チラッと庭の隅に植えられた木へと視線を向け、戦々恐々とした口調で言った。

「姫様、めっちゃこっち睨《にら》んでんじゃん」

つられて僕もそちらへ視線を向ける。

そこには銀色の髪を垂らした一人の見知った少女がこちらをジッと見つめていた。

いやまぁ、少女というか、王女殿下なのですがね。しかも、見つめているというよりかはこちらを睨んでるようで……あ、目が合った。と同時に頬を膨らませた。

「なぁ、お前なんかしたんじゃないのか？　怒らせるようなこと」

「覚えがないです。というか、接点もほとんどないですし……。夜に一度話したくらいで」

「じゃあ怒らせたとしたら完全にその日じゃねぇか。早いとこ謝罪してこいよ。んで腹を斬れ。何ならナイフ貸してやる」

「嫌です。何を謝罪すればいいのかわからないので謝りようがないんですよ！　というか、まだ僕に怒ってるって決まったわけじゃ――」

そこで言葉を区切る。

殿下の方を見ると、なにやら紙のようなものを持っている。それに何かをさらさらと書き記し、丁寧に折って僕の方へと投げてきた。

若干の魔力を感じることから、微風《そよかぜ》を起こす魔法を付与しているな。

放物線を描いて飛んできたそれをそっと摑《つか》んだ。

「なんだ？」

「えっと、王女殿下からのお便り？　ですね。なんて書いて――」

疑問に思いながら開いて、僕は固まった。同じくエルトさんも身体《からだ》を硬直させ、ギギギッとぎこちなく僕の方へと顔を向ける。これは、とんでもない内容だ。

『日付が変わる時間に、ここに来てください』

王女殿下へ視線を向けると、満面の笑み。

何、僕なにされるの？　本当に怖い。

「今まで、楽しかったぜ」

ポンッと僕の肩に手を置いて拝むエルトさん。

待って、僕はまだ死んでないし、当分死ぬつもりもない。だからもう死んだみたいに扱うのはやめてくださいッ！

今日の昼休み、仕事より疲れたような気がする……。

◇

そして時は流れて深夜。

月が最も高い位置にまで昇った日付が変わる時刻。僕は戦々恐々とした気持ちで中庭の噴水の前に来ていた。

一体何を言われるのか。どんな用事があるのか。

怖すぎて昼間の仕事には全く集中できなかった。事前にほとんど終わらせてあったから、特に今後の予定に支障は出なかったけど。

いや、本当に心当たりがない。殿下と話したのはあの夜だけだし、それ以外で失礼を働いたなんてことはないはずだ。もしかして、アルセナスと剣を交えたことで怒ってる？

でも、あれは一方的に斬りかかって来た彼が悪いわけで。

他で殿下の話をしたこともないし。……本当になんであんなに不機嫌そうなんだろうか？

「お待たせ、しました」

月を見上げていると、前ぶれもなく声を掛けられそちらを向く。当然、いたのは王女殿下だ。以前とは違い、外出用の大きなカーディガンを羽織っている。言ったことをちゃんと守ってくれているみたいで何よりです。

でも、なんかもう、話す前から不機嫌ですって感じが伝わってくる。

「ごめんなさい。こんな夜遅くに」

「い、いえ」

ベンチの方へ移動し、並んで腰をおろす。

そのまま、互いに何も喋《しゃべ》らない静寂の時間が訪れた。殿下がどうして喋らないのか、ちょっと予想できない。僕のほうは簡単に、何を喋ればいいのかわからないから。不機嫌な女性と相対すること自体少ないのに、殿下とくれば不機嫌なことを全面に押し出しつつ何も口にしない。やばい、怖い。

どうすればいいのか……繊細だという女性心を理解するのは僕にはまだできないです。

「昨日」

不意に殿下が口を開いた。耳を傾ける。

「……昨日、レナから手紙が届きました」

「レナ……？」

「はい。オーギュスト公爵家の長女です」

「……あぁ」

一瞬誰か忘れていたけれど、思い出した。先日マロンケーキを取られそうになって泣きそうな顔をしていた彼女だ。かなり印象的な出会いをしたから覚えている。あの時の表情は今でも思い出すだけで笑いがこみ上げてくるなぁ。

「その手紙に、レイズ様と会ったことが書かれていて……なんだか嬉《うれ》しそうに」

「ええ、はい。レナ様とは先日お会いしましたよ。喫茶店で、お茶をご一緒させていただきました」

「レナ……そう、ですか……」

え、なに？　殿下の顔が更に不機嫌そうになったんだけど。

「楽しかったんですか？」

「え？　いや、楽しかったというより、驚きのほうが強かったですけど……まぁ、それなりに。話しやすい人ではありましたね」

「……（ぶっすー）」

「あの……何か失礼なことでも？」

話を進めるごとに悪くなる殿下の機嫌。このままではまずい。本当に僕の首が飛んでいくことになりかねない。何とかしなくては……。でもどうすればいいのかわからない。と、とりあえず、殿下には何で怒っているのかを聞かないと。

「あー……レナ様とお会いしたのが、よろしくなかっ……た？」

「別にそういうわけではありません。ただ、その……」

「……？」

言い出しづらそうに人差し指を合わせてもじもじとする殿下。首を傾《かし》げていると、口を開いて、微《かす》かに聞き取れる程度の小さな声で言った。

「リシェナ」

「え？」

「その……私も、名前で、呼んでほしい、です」

「――」

頬を赤らめて恥ずかしそうに言う殿下に、少しだけ見惚《みほ》れてしまった。

それはおいておいて、名前で呼ぶ……名前か……。

それはなんとも、無理難題を言われるものだ。

僕は右耳に触れ、視線を逸《そ》らす。

「あー……その、それはかなり恐れ多いと言いますか」

「駄目、なのですか？」

「いや、駄目と言いますか、なんと言いますか……」

「……」

無言の圧力。これはもう不可抗力だよね？　どう足掻《あが》いても名前を呼ぶまで帰してくれないでしょ。僕の腕まで抱え込んでるし。顔を真っ赤にするくらいならやらなくてもいいんですよ？　でも、今日は恥ずかしがっているのに離そうとしない。

あぁもうッ！　仕方ない、覚悟を決めようッ！

「えっと……離していただけますか？　リシェナ様」

「も、もう一度」

「リシェナ様」

「最後にもう一度」

「リシェナ様」

なんだこれ。名前を呼ぶだけでこんなにも緊張するものなの？　うちの女性陣の名前を呼ぶ時は全然緊張しないのに……。

と、殿下——おっと、リシェナ様は恥ずかしさと嬉しさが入り混じったような表情で立ち上がり、笑みを浮かべて僕に一礼した。

「も、もうこんな時間なので、私は部屋に戻りますね。ご、ごめんなさい。無理に呼び出してしまって……」

「構いませんよ。リシェナ様も、今夜は冷えますから、温かくしてお休みください——っと、失礼」

「ふぇ？」

僕はリシェナ様に近づき、手を伸ばして艶《つや》やかな銀糸の髪に触れた。彼女の身体が強張《こわば》ったように震えるけど、大丈夫。変なことはしてません。

「葉っぱがついていましたよ。木から落ちたものでしょうね。申し訳ありません、不意に距離を詰めたりしてしまって」

「い、いえ……」

ぽーっとどこかを見つめている。が、すぐに我に返って「失礼しますッ！」と叫んで宮殿の方へと走り去ってしまった。

後ろ姿を見届けて、僕は溜息《ためいき》を漏らす。

「リシェナ様……か」

呟《つぶや》いて、僕も自室に戻ろうと足を踏み出す。

はぁ、明日の朝が憂鬱だ。

第八話　朝の喪失感

宮廷魔法士というのは通常、王都西部に位置する王立グランティナ魔法学園を卒業し、試験を経て就くことができる職業である。その倍率はとてつもないほどで、百人に一人が合格できるかどうかというほど。当然救済措置として、落ちた者は王宮勤めの役人の試験を受けることができる。働く条件はよく、給料も一般的な平民とは比べものにならないほど。宮廷魔法士はそれよりも更に高いのだけれど。

大多数の宮廷魔法士はこの正規ルートを通って、現職に就いている。が、これだけが道ではない。

宮廷魔法士になるための、所謂《いわゆる》、裏ルートというものが存在するのだ。

現職の宮廷魔法士数名の推薦、過去に大きな功績を残した、卓越した魔法技量・及び非常に強力な魔法の行使が可能など、幾つも抜け道が存在する。

僕の場合は三つ目——卓越した魔法技量と強力な魔法の行使が可能なことを今の部署の室長——つまりヘレンさんに認められてスカウトされ、宮廷魔法士になった。

ほとんど拉致だったんですけどね。

正規ルートで合格した人には非常に申し訳ないのだけれど、僕は宮廷魔法士試験なんてものは受けていないし、それどころか魔法学園を卒業してすらいない。はっきり言って未《いま》だに王宮魔法士をやっていることが信じられないくらいだ。

数ヵ月前まで妹と一緒に村の外で魔獣を狩って、素材を売る仕事をしていたんだから、こんなことになるなんて思ってもいなかった。当時は収入も今の半分くらいだったし。魔法の訓練をしてくれた師匠には感謝しかないよ。おかげで妹への仕送りがたくさんできるようになった。元気にしているのかな？

そんな運に味方された？　僕が配属されることになった部署はかなり特殊なところで、人数は少なく、メンバーは全員卓越した魔法士だということ。

そして、僕と同様に宮廷魔法士になった際――いや、この王都に足を踏み入れた際、特殊な魔法処理を自動的に施された存在だということ。

その魔法処理が一体どういうものなのか、最初はわからなかったのだけれど、今、その効果がよく理解できる。

「………」

窓から差し込む陽《ひ》の光を感じ、僕はゆっくりと瞼《まぶた》を持ち上げて身体《からだ》を起こした。見慣れた天井。深夜に殿下と別れた後、すぐに王宮近くの下宿に帰ったのだ。

朝の目覚めは最悪だった。

身体は何だか怠《だる》いし、視界はずっとぼやけたまま。吐き気もするし、魔力処理がされた痣《あざ》が残る首筋が火傷《やけど》でもしたかのように熱くて痛い。

それでいて、何か心に孔《あな》が開いたかのような強烈な喪失感を感じた。何処《どこ》か悲しくて、とても気分が重い。

「……魔力欠乏、かな」

体内の魔力量が著しく低下した時に起きる症状――魔力欠乏障害、または欠乏症。その状態とよく似た症状だった。命に関わることはないけれど、魔法を武器として戦う魔法士にとって、重大な病気と呼べるものだ。

重い身体を持ち上げてベッドから下り、寝室を出て洗面室へと向かう。桶《おけ》に水を溜《た》めてパシャパシャと水音を立てながら顔を洗い、だんだんとクリアになった視界で正面の鏡を見やった。

酷《ひど》く疲れた顔。僕の白い肌は、より一層白みを増している。目元には大きな隈《くま》。しっかり寝たはずなのに、まるで三日連続で徹夜をしたような顔つきだ。

「……仕事、行くか」

僕は壁に掛けられていたタオルで顔を拭き、魔法士の服へと着替える。

首筋に描かれた紋様のような痣は、微かに光を発し続け、消えた。

◇

「馬鹿だなお前。認識阻害用のイヤーカフを外してるからだ。俺はあんだけ着けておけって言っただろ？」

執務室に入り、向かいのソファに座っているアリナさんとエルトさんが僕の出したお茶を啜《すす》りながら、哀れんだ視線で射貫《ぬ》いてくる。

「あれはキツい」

「だよな。なんつーか、心が痛くなるような感じだ。俺も最初に経験した時は死にたくなったぜ」

「いやなんで普通に話進めてるんですか？」

とりあえず一旦話を区切る。

ナチュラルに話を進めようとしてもそうはいきません。

「お二人ともなんでさらっと僕の執務室でお茶してるんですか。いや出した僕も僕ですけど。仕事まだ終わってないでしょう？」

「馬鹿野郎。仕事なんて今やる必要はない。なぜなら面倒臭いことはしなくていいという俺の中のルールに基づいているからだ」

「やる気ないだけでしょうが……。アリナさんは？」

「レイズが終わらせてくれるでしょ？」

「やるわけないでしょ！　自分のことは自分で片付けてくれ……」

溜息しかでない。一応二人とも僕より年上のはずなんだけど。具体的には四つくらい。

「まぁ、それはいいです」

「やってくれるの？」

「やりません！　それより、何で僕の執務室に来てるのかって話ですよ」

「おいおい。先輩たちが心配して来てやってるっていうのに、その言い草はないだろ」

意地悪そうな笑顔を作りながら、エルトさんがくっくっと笑った。なんだろうか、とても気持ち悪い。というか腹立つ。

「なんですか？　心配って」

「惚《とぼ》けんなよ。いつもよりもテンションが低い、どこか心に孔が開いたように気落ちした表情、その隈に時折焦点が合わなくなっている目。どう考えても魔力欠乏症だ。そして、そんな状態になるまで魔力を消費する戦いは起きていない。俺達の内包魔力は常人の域を逸脱しているから、日常で魔力がそこまで枯渇《こかつ》することもない。つまり、強制的な記憶の浄化が行われたと考えるのが自然だ」

「……なんで、こういう日に限って鋭いんですか」

頬杖《ほおづえ》をついて溜息を吐《つ》く。いつも不真面目で先輩らしからぬエルトさんらしくない。

とはいえ、見透かされているのなら仕方ない。別段隠す必要なんてこともないし。寧《むし》ろ話し相手がいるだけ気持ちが楽になる。まだ倦怠《けんたい》感は継続しているし、今日は仕事もできそうにないからね。

「確か、誓約《ギアス》でしたっけ？　特定の条件を満たすと発現する」

「うん。私達にかけられている誓約は、【王族の名は記憶しない】。王族の名を知ったら、睡眠中に自分の魔力を使って強制的に記憶を消去してしまうという魔法」

アリナさんが襟元を少し引っ張ると、うっすらと首に紋様が浮かび上がっていた。僕と同様の誓約が刻まれている証《あかし》だろう。他のメンバーにも、同じものが刻まれているはず。

「なんでこんなもの、あるんですかね」

「レイズは知らないのか？」

「知りませんね」

何の説明もなく、気がついたら刻まれていたから、どういう理由があってなのかもわからない。

エルトさんが咳払《せきばら》いを一つして、話し始める。

「太古の戦争時、王国には一人の強大な力を持った魔法士がいたそうだ。彼は自ら前線で戦い、数多くの武勲を上げて猛進し、勝利に大きく貢献した。だが、帰還した彼は当時の王に無実の罪で捕らえられ、火炙《ひあぶ》りの刑に処されたそうだ。その時、王の名前を呪うように叫んで息絶えた」

「まぁ、お伽噺《とぎばなし》でよくありそうな悲劇的な結末ですね」

「話はここからだ。魔法士が死んだあと、その王は七日七晩悶《もだ》え狂い、最後は狂乱して首に短剣を突き刺して自害したらしい」

「その伝承を元に、僕らにはこうした誓約がかけられているってことですか……」

「そういうことだ。次代の王が先代の死にざまに恐怖して、魔法を作り上げたそうだ」

「正確には、強大な魔法力を持つ者が王都に足を踏み入れた場合、強制的に誓約が施される」

お茶を飲んで、心を落ち着かせる。

「何だか、人間として扱われてないですね。僕ら」

「そりゃそうだろ。上層部は俺達のことを人間としても、魔法士としても見ていない。俺達は皆、兵器だと思われてんだよ。実際、間違ってもいない。こんな力持ってんだから、兵器としての扱いを受けるのもある意味当然だ。怖がってんだよ、あいつらは。だから、同じ人間として扱えない」

「……」

僕は脱力して体重をソファに預ける。

現に今、昨日は知っていたはずの王女殿下の名前が思い出せない。彼女はこのことを知っているのだろうか？　知っているのにもかかわらず、僕に名前で呼んでほしいと言ったのか？　だとしたら酷い人だ。そんな嫌がらせをしてくるなんて……。

何だか、宮廷魔法士になって舞い上がっていた自分を殴りつけたい気分だ。

確かに待遇は悪くないし、人間関係も非常に良好。その面に関して文句は一切ない。だけど……僕らを兵器として扱うのはどうなんだろう。僕らは曲がりなりにも感情があり、意思があり、自我を持った人間。

でも、僕らがどれだけ主張しても、力を持った人間はそれだけで異端とされる。いずれ、自らを兵器として認めないといけない。

もしかしたら僕は、知らず知らずの内に選択を間違ってしまったのかもしれない。やる気と希望が消え失《う》せていく。あぁ、このまま仕事もせずに、何処かへと逃げてしまいたい気分……。

と、正面に黙って座っていたアリナさんが立ち上がって、僕の隣に腰掛けた。

「アリナさん？」

呼びかけると彼女は返事をせず、代わりに僕の男にしては細い身体を抱き寄せた。顔に柔らかい感触。

「気にすることなんてない。別に、王家の人の名前を知らなくても支障はないから」

「えっと……」

「それと、このことは王族の中でも、王になった者しか知らない事実。王女殿下が知っていることは、多分ない。伝承を知っている側近の貴族も、話してはいけないことになってる」

「し、知ってたんですか」

「情報収集は得意」

僕の頭を撫《な》でながら得意げに言うアリナさんは、何処か自信に満ちあふれている。誇る前に僕を早く解放してほしい。流石《さすが》に恥ずかしいです。

「おーおー。レイズ君はまだまだ子供ですなー」

「遠距離から殺しますよ？　てか仕事してください」

話をしていたら、大分気分が良くなった。やっぱり一人で抱え込むより人と一緒にいたほうが気楽でいい。あと、アリナさんはそろそろ離してください。なんで抱きしめる力が強くなってて痛たたたたたたたッ！　骨がッ！

「相変わらず、抱き心地いい」

抱き心地じゃなくて技が極《き》めやすいでしょうがッ！　あ、まってそろそろ死ぬ……。

なんとかギリギリのところで生き延び、僕が解放されたのはそれから十分後のことだった。

人に抱きしめられるのが少しだけ怖くなりました。

第九話　郊外の変化

極力、王女殿下にお会いしないように行動しよう。

彼女の名前が記憶から消えた僕が取った行動は、それだった。

具体的に挙げると、休憩時間・昼食時も庭園には行かない。早朝の仕事から執務室に戻る時は極力早足で。王宮内を歩かなければならない場合は必ず無属性近距離上級魔法——不可視化を発動し、他人から姿を見られないような状態にする。

などなど様々な事態を想定して行動した。内包魔力は平均よりかなり高いので、魔力切れの心配はほとんどない。あの誓約《ギアス》は問答無用で体内のほぼ全ての魔力を持っていくので、気をつけなければならないのだけれど。

その甲斐《かい》もあって、こちらから王女殿下を見かけることは幾度かあったものの、彼女が僕を見つけることはなくなった。

以前のようにジッと見つめてくることも。その代わり、何だか寂しそうな表情をしていたけれど……勘弁してほしい。もしもの時に魔力欠乏障害で戦えなくなっては困るのです。

心が痛いけれど……我慢我慢。

僕らは誓約をかけられている限り、王家の方々とは極力近づかないほうがいいのだから。

「……心が痛い」

とはいえ、一方的に無視するというのはなんというか……胸がチクチクする変な感覚になる。あまり心地のいい感覚はしない。今まで人を避けるなんてしたことなかったんだから当然かもしれない。というか、今更ながら僕は人に冷たくできないタイプの人間なんだなと実感した。

そんなちょっと気落ちしている僕を見て、目の前のヘレンさんはくすくすと笑っている。

「フフフ」

「何で笑ってるんですか」

「ごめんなさいね。そこまで気落ちする人は今までにあまり見てこなかったから」

ヘレンさんは口元に手を当て、部署の共有スペースの机に置かれた資料を手に取った。

「ほら。この部署の人間って全員個人で卓越した魔法技術を持っているでしょう？　実力がある人だからか、血の気の多い子が多くて。レイズ君みたいに、普段心の優しい子を見るのが珍しくてね」

「なんですか普段って。僕は人に冷たくすることが苦手なだけです。心の冷え切った冷たい性格はしていませんからね」

心が優しいというわけではないけれど、基本的に人から嫌われるような行動は避けるタイプだと思っている。相手が嫌がることはやりたくない。

だけどそう言うと、ヘレンさんは微妙な表情を作った。

「なんですか」

「いえ、貴方《あなた》が心優しくて謙虚なのはわかっているわ。けれど私の見解だと、そこにもう一つの特徴が加わると思うの」

「？　どんな？」

「それは……いえ、やめとくわ。これは貴方が自分で気がついたほうがいい側面よ。自覚する機会は、かなり限られているでしょうけど」

「は？」

それ以上ヘレンさんは答えず、手元の資料を僕に手渡した。それなりに分厚く、右端の角が紐《ひも》でくくられた資料だ。

「これは？」

「昨日の室長会議の資料よ。レイズ君はわかっていると思うけれど、最近王都郊外の魔獣の数がかなり増加しているわ」

「あぁ、それは思っていましたね」

　僕は毎朝王宮別館の屋上から魔獣の超遠距離狙撃をしているため、それは常々感じていた。彷徨《さまよ》う魔獣が多いせいで、掃討作業の時間が長引くので非常に困っていたのだ。超過分は申請すれば報酬が増えるのだろうか？　ちょっと後で聞いてみよう。仕事が増えて給金は変わらないのは許せない。

「んで、僕にどうしろと？」

「簡単よ。アリナちゃんと一緒に王都郊外を調査してきてほしいの。原因と思わしきものが見つかれば、対策も練れるし」

「いや、そういう魔獣の調査は王国騎士団にやらせるべきなのでは？」

「言ったけど、より力のある者が行くほうがいいだろうって」

　憂いを含んだ表情。何か他に嫌なことでも言われたのかもしれない。だけど、僕から言えることは何もない。妙な発言をした連中を見返せるくらいの功績をあげるしかないな。

「でも、僕でいいんですか？　近距離戦だと本当に雑魚《ざこ》ですよ？」

「雑魚ってわけではないでしょう？　副室長に鍛えてもらって、ある程度は近距離でも戦えるのは知っているわ。それと、襲ってきた魔獣の処理はアリナちゃんに任せなさい。事前に察知した魔獣は貴方が処理すればいい」

「わかりました。陽《ひ》が沈んだ頃にでも行ってきますね」

「？　どうしてその時間に？」

行くなら昼間だろうとか思っているんだろうなぁ。確かに僕一人ならそうする。けど、同伴者がアリナさんだったら話は別です。

「あの人、昼間は必ず昼寝をするので夜のほうが活発に動いてくれるんです。模擬戦も昼と夜だと明らかに夜のほうが強くなりますからね。なんでしたっけ？　夜行性って言うんでしたっけ？」

「あぁ、あの子夜型だものね……でも、大丈夫？　魔獣は夜のほうが活発に行動するから危険なのよ？」

「大丈夫です。夜のほうが強いのはこちらも変わりません。視界に入ったものは全部狩り尽くしますよ」

「……そういうところよ」

そう言って、ヘレンさんは苦笑を漏らした。

それが一体どういうことなのか、僕にはまだわからない。

◇

「確かに多いね」

暗闇に沈んだ森の中、アリナさんはグッと握っていた手を開き、土を払うように左右へ振った。途端、ドサドサと何かが地面に落ちる音が響いた。

その方向に向かって歩きつつ、僕はアリナさんに返す。

「だから調査しているんですよ。予想以上でしたけど」

陽が沈みきった頃、僕とアリナさんは王都郊外の森を歩いていた。辺りは鬱蒼《うっそう》とした雰囲気の森。木々が風で揺れ、葉が擦《こす》れ合う音が妙に大きく聞こえる。夜の森は何だか昼間と違って一気に不気味さを増す。

「それにしても、強い魔獣が全然いないし、つまんない。出て来る奴《やつ》、全部通常種ばっかり。危険種とかいないの？」

「いたら大問題じゃないですか……。妙なこと言わないでくださいよ」

退屈そうにそんなことを言うアリナさんに、僕はジト目を向けた。

この世界に存在する魔獣は、魔法と同様に種類で二つに分類されている。

一つは、全体の八割が属する通常種。

魔獣特有の攻撃性は有しているものの、一個体であれば見習い魔法士でも倒すことのできる強さしか持たない、比較的弱い魔獣だ。最も数が多く、それ故に遭遇することもしばしば。

もう一つは、残りの二割が属する危険種だ。

通常種よりも強い攻撃性と凶暴性を持ち、尚且《なおか》つ一般人では到底太刀打ちできない程の強さを兼ね備えている。基本的には群れを作ることはなく、一個体のみで行動していることが多いのも特徴だ。

危険種は強さや凶暴性などを総合的に判断し、更に三つの分類——下級危険種、上級危険種、最上級危険種——に分けられるのだ。一番下の下級危険種であったとしても、凄腕《すごうで》の魔法士が数人は束にならないと勝てないと言われる程。最上級危険種に関して言えば、多くの専門家が口を揃《そろ》えて、「人間が太刀打ちできる存在ではない」と結論づけるくらいの評価が下されている。

まぁ、そんな化け物が住んでいるのは人間が住むことのできない地域だから、遭遇する心配はないけどね。仮に遭遇したとしても……大丈夫。

辺りを見回して一息つき、僕は目の前に積まれた魔獣の死骸を枝で突《つつ》いた。

「特に変わった様子はないですね。普段王宮から狙撃するのと変わらないです。操られているとか、そういった感じは特に」

「それでもこの数は異常。まだ森に入ってから一時間も経《た》っていないのに、百体は殺してる」

「そうですね。その分魔石はたくさん回収できましたけど」

　普段なら、夜に歩いたとしても一時間で十体出てくるかどうか。その十倍の数が今、出現しているのだ。どう考えても普通じゃない。そしてそれをいとも簡単に秒殺するアリナさんも普通じゃない。

　彼女が指を鳴らすと、魔獣の山はズブズブとその場の地面に引きずり込まれ、音もなく消えていった。

「相変わらず凄《すさ》まじい魔法ですね」

「当然。私の占有魔法――大地干渉はこの世界でも私しか使えない最強の魔法」

　誇らしげに言い、アリナさんは足のつま先で地面を小突く。すると、近くに生えていた大きな大木がバキッという音を森に響かせ、凄まじい速度で朽ち果て崩れ落ちた。態々《わざわざ》実践しなくても……。

　占有魔法――個人が魔法を発動させるための魔法式を独占し、その個人だけが使うことができる唯一無二の魔法だ。それは他の汎用魔法とは異なり、桁違いな効力を持つ魔法が多い。この占有魔法を持つ者は大陸全土でも極僅かしかおらず、使い手は大変重宝されるのだ。まぁ、強力ゆえに代償というか副作用のようなものもあるんだけど。

「地属性中距離超位魔法――大地干渉。大地そのものに干渉し、地に繋《つな》がるものを全て思いのままに操るなんて、反則にも程があります」

「これが占有魔法の力。私以外にこんな魔法が使える人がいたら、困るでしょ？」

「有効射程範囲内に立っているなら、速攻で降参します」

勝てるわけがない。

ただでさえ僕は近距離での戦いは不向きだというのに、こんな反則じみた魔法の使い手なんてもっと無理だ。綺麗《きれい》な薔薇《ばら》には棘《とげ》があるというか、アリナさんは綺麗なんだけれどお近づきになりたいとは思えない人だ。――っと。

「どうしたの？」

「四百メーラ先に魔獣が五体ですね。アリナさんばかり魔獣を狩っていてずるいので、あれは僕が駆除します」

既に抜刀済みのレイピアを前方に翳《かざ》す。この距離なら視覚強化を使わずとも命中させることは容易《たやす》い。僕の周囲に人差し指程度の大きさをした、雷の針が出現、浮遊。

「死針雷《ししんらい》」

目で追うことも難しいほどの速度で、狙った魔獣の下へと飛来。命中。五体の魔獣の心臓部――魔石を完全に捉えた。

「仕留めました。もう辺りに魔獣は確認できないので、先に進みましょう。日付が変わる前には帰宅したいですからね」

促して、先導する。

「……レイズも十分反則だよ。戦いになったら、近づく前にやられそう」

後ろでアリナさんが何かを言っている気がしたけれど、木々の音が煩《うるさ》くてよく聞こえない。けどま、特に聞かなくてもいいことだろう。

レイピアを鞘《さや》に納刀し、僕らは暗闇の森を進む。

第十話　理不尽な強さは相手が可哀想《かわいそう》になる

「——へし折れろ」

アリナさんが両手の掌《てのひら》を同時に握り、淡々とそう呟《つぶや》く。それに合わせ、彼女の周囲から伸びていた堅い木の枝々が摑《つか》んでいた多くの魔獣を強力な力で締め上げ、背骨が折れる鈍い音とともに身体《からだ》をくの字に折り曲げた。

それで全ての魔獣が絶命。戦いにもならない戦いは、もはや単純な作業にしかならないな。ただの魔獣がアリナさんに敵《かな》うわけないので、仕方ないんだけどね。

「これで、粗方は片付きましたかね」

「そうみたい。気配も感じないし」

地に伏せた魔獣たちには目もくれず、僕らは周囲の草原を見回した。無属性近距離初級魔法——夜光眼《やこうがん》を発動しているため、暗闇の中でもよく見える。

調査を開始してから数時間が経過し、僕らは目についた魔獣を片っ端から駆除していった。

王都周辺をぐるりと回るように巡回したけれど、遭遇するのは夜になり活発になった魔獣だけ。全て僕とアリナさんで掃除したし、これで明日の早朝、遠距離狙撃はとても楽になる。もしかしたら、見回すだけでいいかも。やったね。、
まぁ、僕はほとんど眺めていただけで、大半はアリナさんの大地干渉で虐殺したのだけれど。魔獣たちがちょっと可哀想だった。

今僕らがいるのは王都正門からおよそ二十キーラ程離れた森の深部。道など一切なく、ほとんど人の手が付けられていない場所だ。出現する魔獣の危険度もかなり上がっており、戦闘の心得がない者が入ればすぐにでも食べられてしまう、危険な場所。

僕らにとっては何の危険でもないけど。

そもそもアリナさんと一緒に森に入っている時点で、大抵のことは脅威ではなくなる。彼女の魔法は森でこそ真価を発揮するので、謂《い》わば森全体が彼女の縄張り。どれだけ強かろうと、森を操る者に勝てるわけがない。

追加で現れた魔獣を片手間に掃除したアリナさんが戻って来た。一応、ねぎらいの言葉を掛けておく。

「お疲れ様です」

「うん。成果は何もないけど」

アリナさんは何処《どこ》か不服そう。確かに魔獣大量発生の原因らしきものは何も見つからな

かったけど、明日の僕の仕事を減らすことができたと思ってほしい。

「そんなことないですよ。実際にどれくらい魔獣が増えているのかがわかったじゃないですか。魔石もたくさん手に入りましたし、ヘレンさんも満足しますよ」

革袋の中に入ったたくさんの魔石を掲げて言う。この数時間で、数百は集まっただろうか。革袋はかなりの重さになっていた。

ほくほく顔の僕とは反対に、アリナさんの表情はどこか浮かない。何か思うところでもあったのだろうか？

彼女は相変わらずつまらなそうな顔のまま、森の南側へと振り向く。

「？　どうかしたんですか？」

「レイズは疑問に思わないの？　こんなにたくさん魔獣が増殖しているわけ」

「え――いや、それはかなり不思議ですよ？　通常の動物とは全く違う存在とはいえ、短期間でここまでの魔獣が出現することなんて考えられないんですから。まして、全ての魔獣の繁殖率が急激に上昇するはずがない」

「なら、思うでしょ？　何か、自然とは全く違う力が関係しているんだって」

その考えに至るのは、自然なことだ。ありえないことが起きるには、必ずありえないことが関連している。それが今回、どんな手なのかはまだわからない。だけど、何かが関係しているのは確かなのだ。

単純に数えて、普段の十倍の数の魔獣。討伐は容易いとはいえ、放置していいものではないだろう。森に続いている幾つもの道は、多くの旅人や商人も行き来している重要な道なのだ。魔獣を放置して、彼らが危険に晒《さら》されるようなことがあってはならない。本当なら騎士団がやるべきことなんだろうけど。

「誰かが魔獣を増やす魔法を使ったとか、変な薬を開発したとか」

「……ここで考えても、何もでません。一先《ひとま》ず王宮に戻りましょう。そこで、ヘレンさんも交えて一度整理するべきです。そこから色々と推測を立ててみて、有力なものを幾つかピックアップ――」

「レイズッ！」

言葉を中断して、僕らはその場から大きく跳躍。直後、僕らがいた場所には何か巨大な物体が鎮座しており、大地には蜘蛛《くも》の巣状の亀裂が生まれた。強い魔力反応も同時に確認。

これは……変だな。

「僕ら、王都どころか王国から離れてしまいましたか？」

「そんなはずない。そもそも王国から離れるのは、身体強化を施していたとしても数日はかかるほどの距離でしょ？」

何を言っているんだとアリナさんが言ってくるけど、僕はその言葉が信じられなかった。だって——。

「ここが王都付近なら、どうしてあれがこの場にいるんですか？　大陸西部にしか生息していないはずの危険種——キマイラが」

アリナさんの端整な顔立ちから、視線を正面へ移す。そこには、僕らを見つめて警戒——いや、餌を見つけたように嬉《うれ》しそうに唸《うな》っている怪物の姿。

三つの頭部は両サイドが山羊《やぎ》に真ん中は獅子《しし》。艶《つや》やかな毛並みの体毛を生やした胴体の背からは巨大な二枚の翼。伸びる尾は牙を尖《とが》らせる毒蛇そのもの。体長は……僕の五倍くらいはあるのかな？

明らかに今までに遭遇した魔獣とは桁違いの強さを誇る存在。本で読んだことがあるけど、実物を見るとその圧力を感じることができる。並の魔法士なら、相対した時点で腰を抜かして命の危険に身を震わせているだろう。もしかしたら、失禁する者もいるかもしれない。

それほどまでに、目の前の怪物から発せられる威圧感は強かった。

まぁ、僕はこんなことで屈したりしないし、寧《むし》ろ珍しいものを見たって感じでテンションが上がってるくらいなんだけどね。

「ふわぁ……剝製にしたら面白そう」

アリナさんなんて欠伸《あくび》をしながらこんなことを呟いている。緊張感の欠片《かけら》もない。僕も似たようなものなんだけどさ。

完全に舐《な》めきった態度を取っている僕らに腹を立てたのか、キマイラが三つの頭から轟《ごう》音《おん》にも似た雄叫《おたけ》びを上げ、威嚇。周囲の木々がその衝撃によって大きく揺れる。

けれど、僕らは動じない。そう、宮廷魔法士だからね。

「遊んであげたいところですけど、相手にしている暇はないんですよね」

「同感。さっさと片付ける。王都には持って入れないから、死骸はここに放置する」

「明日騎士団にでも回収して貰《もら》えばいいですからね」

「うん」

アリナさんが指をパチリと鳴らすと、キマイラの足元が瞬時に盛り上がり、その巨体を天高く放逐。飛んでいった方向は……あぁ、森の更に深部ですね。どうせなら王都の方角に飛ばしてくれれば、回収も楽だったのに。そこのところ、アリナさんは全く考えていないんだろうなぁ。あと、キマイラが少し可哀想。

「流石《さすが》にもう一回くらい、攻撃させてあげてもよかったんじゃないですか？　態々《わざわざ》出てきてくれたんですから」

「どうでもいい。どっちみち殺す」

「ごもっともで」

仮にもキマイラは討伐が非常に難しいとされている上級危険種。それを攻撃もさせずに一方的にふっとばすなんて、やっぱり反則だよ。と思いながら、僕はレイピアを抜刀。蒼《あお》い刀身は月明かりを反射してより一層輝いて見える。

「剥製にするんでしたっけ？　なら、あんまりぐちゃぐちゃに壊さないほうがいいですか？」

「別にどっちでもいいよ。レイズが倒しやすい方法で。身体も大きいから魔石も大きいと思うし、そこは少し気をつけて」

「んー……できる限り綺麗《きれい》な状態で倒すのが好きなので、あんまり身体は破壊しないようにしますね。とはいっても、死針雷《ししんらい》では威力不足ですし……」

死針雷はそもそも、小型の魔獣の魔石を正確に貫き、絶命させる魔法。巨大な体軀《たいく》をしたキマイラに効果は望めないだろう。

ならば、別の魔法を使うまで。

「距離は……六百メーラくらいか。そこまで遠くはないっと」

魔力を込め、刀身に魔法式を展開。

たちまちレイピアはバチバチと弾《はじ》ける蒼い雷を纏《まと》った。切っ先を宙に浮かぶキマイラ——ではなく、その更に上空へ向け、魔法を放つ。

「——蒼雷鳴《そうらいめい》」

放たれた小さな雷が天高くへと上がり、雲一つない闇夜へと消えた——数瞬後、激しい稲光と共に大気を劈《つんざ》く轟音が響き渡った。

天より降り注いだ一筋の稲妻はキマイラの胴体中心を正確に穿《うが》ち、キマイラは垂直に落下。中央の獅子の首が折れ曲がり、ある意味芸術的なアートとなっていた。

風属性遠距離上級魔法——蒼雷鳴。

多量の魔力を圧縮した電気を空へと放ち、一気に解放して地へと稲妻を落下させる強力な魔法だ。

「この魔法の最大の特徴は、他の雷魔法とは違って雷そのもので倒すのではなく、稲妻が発生した瞬間に生まれる強力な衝撃で対象へダメージを与え、倒すことですね」

「初めて見る魔法。もしかして、占有魔法？」

「残念ながら汎用魔法です。担《にな》い手は今のところ僕と、僕の師匠しか知りませんが」

そんな会話を交わしながら、僕らは地に落ちたキマイラの下へ向かって並んで歩く。夜も深くなってきたからか、かなり寒い夜風が僕らを襲った。滅茶苦茶《めちゃくちゃ》寒い。そういえば今は、冬が明けたばかりだったことを完全に忘れていたよ……。

そうこうしているうちに、キマイラが地面に頭から突き刺さっている場所に到着し——足を止めた。

「何ですか、ここ」

「?」

キマイラが突き刺さっている場所の周辺を思わず見回し、僕らは首を捻《ひね》った。どう考えても、今までに通って来た森とは違う雰囲気が漂っていた。何だか魔力の気配も濃くなっているし、少し肌もチリつく。魔獣が巣食う森だから、何がいてもおかしくはないんだけど。いやそれにしても……疑問を浮かべずにはいられなかった。

「何で、木が薙《な》ぎ倒されているんですかね」

その一帯は、不自然に木々が薙ぎ倒されていた。折られ、曲げられ、根元から引き抜かれ、まるで伐採された森のように視界が開けている。自然にできたものではないことは明らかだ。人の手が加わらないと、こんな形にはならないと思う。

「真《ま》っ直《す》ぐに折られているところもあれば、曲がりくねっている場所も……。一体何が起きたらこんな形跡に木が折れるんですかね？」

「わからない。こんな習性を持つ魔獣なんて聞いたこともない。レイズは？　毎日狙撃してるけど、知らないの？」

「いや、狙撃は関係ないでしょ」

僕がやってることは遠くから魔獣を倒すだけの至って簡単なこと。近くに行って詳しく観察するわけでもないから、魔獣の性質とか習性とか、そういったことを知ることはできない。精々、視覚強化で魔獣の身体的特徴を知ることができるくらいだ。

……こんなことなら、空き時間に王宮の書庫に行って魔獣に関する知識をつけるべきだったか。

「ん？　アリナさん？」

根元から折れている木の傍《そば》にしゃがみこんだアリナさんは、地面に手を伸ばして土に触れた。一体何を……いや、アリナさんが大地に触れて集中している時、やっていることは一つか。

「何かわかりました？」

「……一応ね」

僕が差し出したハンカチで指先の土を拭い、アリナさんは折れた木々を見回した。

「折れた木というか、この辺りの地面、含有魔力が他と比べて凄《すご》く多い」

「魔力が？　あ、だから他の場所とは違う雰囲気を感じるんですね」

空気が重くなったというか、寒気がするというか、この場所に足を踏み入れた途端に違和感を覚えていた。地中の魔力が増えているということは、それだけ放出される魔力も増えるということ。つまり、ここら一帯は空気の魔力含有量も増えていることになる。

「木が折れていることと関係あるのかもしれませんね」

「詳しく調べるには時間が足りなさすぎる。一先ず執務室に戻って、ヘレンに報告するのが最善だと思う」

「そうですね。さっさとキマイラから魔石を回収しましょうか」

アリナさんが魔法で硬質な枝を生み出し、キマイラの心臓部分を突き刺して大きな魔石を取り出してくれた。彼女の魔法、威力が強いだけじゃなくてこういうことにも使えるから、使い勝手がいいんだよね。ちょっとうらやましい。僕の魔法は使い勝手が悪いし、いつでも使えるってわけじゃないからなぁ。

ちょっと羨みながら、僕は赤い血で汚れたままの魔石を綺麗に拭く。その間に、アリナさんは他の魔獣と同様に液状化した地面にキマイラを引きずり込む。数秒もかからない内に、キマイラの大きな身体《からだ》は跡形もなく見えなくなった。

うん、さっきと言ってること違うよね。

「明日回収するんじゃなかったんですか？」

「よくよく考えたら、こんな森の中に放置したら他の魔獣の餌になる。幾ら沢山狩ったからといっても、まだまだ森の中にいるはずだし」

アリナさんは指を鳴らし、今日狩った魔獣たちを全て、折れた木の上に排出した。

「何を？」

「魔石は手に入れたし、死骸はいらないから森に返す。これがあれば、地中のキマイラの匂いを気にすることもないし」

「土の中の匂いを嗅ぐ魔獣なんて、この森にいるんですか？」

「わからないけど、私達の知らない特性を持った魔獣なんてザラにいるでしょ？　なら、取られないように工夫をしておくべき」

常に自分たちの想像を超えると考える。これは戦いにおいても大切な考え方だ。流石はアリナさん。僕よりも長く宮廷魔法士をやっているだけのことはある。

「それにしても、土の中に死骸を入れたままだと腐食しそうですけど？」

魔獣じゃなくて、微生物に分解されそうなんですが。

アリナさんは指を一度鳴らし、心配ない、と
「保存魔法はかけておくから大丈夫」

「それなら大丈夫そうですね。帰りましょうか。ヘレンさんが待ってますし」

「流石に疲れた。帰ったら紅茶ね」

「はいはい。わかりましたよ、って待ってください！」

魔石を革袋に収納している僕を置いて、アリナさんはそそくさと帰路についてしまう。ちょっと待って。これ、大きすぎて全然袋に入らない……。こんなことをしている間にも彼女は遠くへと進んでいく。優しさって言葉を知らないのかあの人は……というかうちの部署の人たちはッ！

このままだと本当に一人で帰る羽目になりそうなので、キマイラの魔石は手で抱えて持って行くことにしました。

すごく、重かった。

第十一話　案外あっさりと見つかってしまった

「そう。特に原因らしいものは見つからなかったわけね」

執務室の共有スペースに戻った僕らはソファに腰掛け、ヘレンさんに巡回と調査の結果を報告していた。

特に何も見つからなかったこと、魔獣が異様なほど多かったこと、王都周辺にいるはずのない上級危険種がいたこと。

机の上に大量に置かれた魔石の一つを手に取り、ヘレンさんは難しい表情を作っている。

「いないはずの魔獣の出現、異常なまでの数、不自然に薙ぎ倒された木々……明らかにおかしいのは確かなんだけれど、外部の力が働いている証拠がないとは……困ったものね。本当に自然的に起こったことなら、手の施しようもないし」

「この近辺にないだけで、森の奥深くにあったりするかもしれないんですけど、流石《さすが》に二人だけでは探れません」

「時間なさすぎ。一夜漬けでやれって言うなら、相応の見返りを求める」

僕とアリナさんはそんな面倒なことをする気はない意思をしっかりと伝える。一日中調査なんて死んでもごめんだ。僕らにだって可能なことと不可能なことはある。もっと効率よく人数を増やして探したほうが賢明だ。今日だけでもかなり頑張ったほうだよ。

ヘレンさんも流石にそれは理解しているようで、苦笑を漏らす。

「わかっているわよ。流石にそんな横暴なことはしないわ。今回だって、上層部からのお願いみたいなものだもの。これ以上負担は増やさない」

「ならいいんですけど……」

安心して紅茶を啜《すす》る。

本当によかった。やれとか言われたらどうしようと本気で思っていたところだ。ヘレンさんが職権乱用するような人でないことはわかっているけどさ。

「それより、問題なのはこっちよね。魔獣が多くなっているのは討伐すればいいだけの話なんだけれど……」

「レイズが王宮から狙撃すればいい。そうすれば誰にも負担はかからない」

「僕一人では限界がありますよ。毎朝の狙撃って結構キツいんですよ？」

特に早起きするの。

皆が負担するはずの労力を僕が代行するとか意味がわからない。仕事は皆平等に割り振られるべきでしょう。同じ給金貰《もら》ってるなら尚更《なおさら》。追加報酬があるのは、おいしいんだけどさ。

あとアリナさんはしれっとそういうこと言わないでもらえないですかね？　やれって言われたら結構洒落《しゃれ》にならないんで。

「狙撃に関しては善処しますけど、僕としては原因の究明を進めることを要望します。どっちみち、このまま放っておくことなんてできないでしょう？」

「同感。キマイラみたいな危険種が普通に徘徊《はいかい》してたら、他の街とか他国から来る人も激減してしまうだろうし」

「原因の究明ね……」

お手上げ、といった感じでヘレンさんは魔石を机上に放り投げた。大事に扱ってください。

「現状じゃ、どう進めていけばいいのか全くわからないわ。全く全容が摑《つか》めないし、答えの糸口になるようなヒントもない」

「辛《かろ》うじて、キマイラが一体王都周辺にいたことから、何者かが連れてきたという説が浮かんできますが……」

「現実的じゃない」

そうですよねぇ……。

キマイラは絶対に人間に懐《なつ》くことのない魔獣だ。遠くから引き連れてくることなんてできるはずがないし、僕らにも見せたあの凶暴性。あっさりと倒してしまったけれど、並大抵の者ではかすり傷を負わせることすら難しいのだ。僕も一人だけだったら、どうなっていたかわからない。

「いや、その可能性も否定できないわよ？」

「？」

二人で頭の上に？を浮かべる。どういうことだ？

「あなたたちも持っているでしょう？　不可能を可能にする、未知の力を秘めたものを」

にやりと笑って、試すような口調。

なんだ？　未知の力を秘めたもの……。そんなご大層なものを僕らが持っているなんて……。

「……占有魔法？」

「あ」

アリナさんの答えに、ハッとした。そうか、その考えがあったか。

ヘレンさんは頷《うなず》きを一つ。

「もし、魔獣を増殖させる魔法があったとしたら？　魔法は私達の知っているものだけが全てじゃない。世界にはまだまだ知らない魔法があって、特殊な魔法士も存在するのよ？」

「確かに、アリナさんの大地干渉も初見の人が見たら腰を抜かすかもしれませんからね」

「私の魔法は凄《すご》いから」

「自分で言うんですか？　まぁ確かに凄いですけども」

何度でも言うけれど、アリナさんの大地干渉は反則だ。有効射程距離圏内に入ってしまったなら、僕は即座に降参する。勝ち目なんてないよ。命を無駄にするくらいなら、みっともなく命乞いをしてやる。土下座でもなんでもするさ。

と、窓の外から梟《ふくろう》の独特の鳴き声が聞こえてきた。

「もう夜も遅いし、今日はこのあたりで。続きはまた明日以降ね」

「はい。あ、森の木々が薙《な》ぎ倒されてる場所に魔獣の死骸が山積みになっているので、それの回収もお願いします。騎士団の方々で。流石に森の魔獣に負けるような人はいないでしょう？」

「キマイラだけは埋めてある。後日私が個人的に回収する」

「何に使うの？」

「面白そうだから剝製にでも、と」

「……面倒ごとを押し付けるのね」

「当然でしょう？　どっちみち世間的には、あれらは騎士団が討伐したことになるんですから、それくらいの雑用はやってもらわないと。何なら、団長さんに直接言ってきましょうか？」

「どうせあいつらは、私達に頭が上がらないわけだし」

「貴女《あなた》たち……」

こめかみを押さえるヘレンさんは、僕らを呆《あき》れた視線で射貫《いぬ》く。そんな目を向けられても無駄です。危険な魔獣討伐はやったんですから、簡単な死骸回収くらいはやってもらいます。文句を言うようならば……どうしてやろうかな（満面の笑み）？

「悪い顔してるわよ、二人とも。絶対に妙なことはしたら駄目よ？　怒られるのは私なんだからッ！」

必死の形相で僕らに懇願するヘレンさんは、心底からかい甲斐《がい》がある。

大丈夫です。妙なことなんてなにもしませんからね……きっと。

◇

会議のような報告会が終わり、僕は下宿に帰るために王宮の通路を歩いていた。薄暗い建物内を歩きながらも、頭の中にあるのは今回の魔獣の異常発生のことばかり。仕事が終わっても頭は仕事モードのままという感じだ。事が事だし、頭を使わなくては何も解決策が思いつかないよ。

「占有魔法ねぇ……」

最後に挙げられた推測を思い出す。

今回の件、もしも本当にその使い手が絡《から》んでいるとしたら、一体何のために？　態々《わざわざ》王都周辺の魔獣の数を増やす理由があるのだろうか？

ただ単に、王都へやってくる者を危険に晒《さら》すため？　それとも、もっと別の何かを狙ってのことか……。

単なる魔法の実験のためと言われればそれで済むのだけど、どうにも考えられない。理由は……あまり思いつかないけれど、強いて言うならば直感、かな？　当てにならないか。

「駄目だ。考えが一向に纏《まと》まらない」

頭を振って考えをリセットしようとするけれど、脳は意思とは反対に独りでに思考を再開してしまう。こんな状態では、家に帰ってベッドに横になっても寝ることはできない。

一度、頭を冷やしたほうが良さそうだ。

帰路につくための通路を反対方向に曲がり、王宮内で最も落ち着くことができる場所

（僕調べ）──王宮中央に位置する庭園へとやってきた。

冷たい夜風に揺れる木々と流れる噴水の水が何とも心を落ち着かせ、頭を空っぽにしてくれる。寒いけれど、今はこれくらいが丁度いい。

時間も時間なので、誰も来ることはないだろう。と思い、不可視化は使わない。

腰のレイピアを外して、噴水の縁《へり》に立てかけ、隣に腰を預けた。空を見上げると、澄んだ空気に煌《きら》めいた星が輝いている。

頭を冷やすのには絶好の場所だ。

「──細氷《さいひょう》」

姿勢を変えないまま、魔法を発動。

途端に、庭園全域にうっすらと白い靄《もや》が発生し、月明かりを受けて輝く粒子が宙を舞っている。

水属性中距離初級魔法──細氷。

一定範囲内の温度を急激に低下させ、空気中の水分を凝結させ結晶化する魔法だ。基本的に攻撃力や危険性は皆無の魔法なので、戦闘に用いられることはほとんどない。言うなれば、宴会用のお遊び魔法。

ただ、条件が揃《そろ》った場所で使うと本当に綺麗《きれい》な景色を作り出すことができる。宙を舞う凍った水蒸気は宝石のようで、噴水や木々に衝突しては消えていく。

僕が今使った理由は……なんとなく。

「変に深く考えても仕方ないか。なにか起こったら、一つずつ潰していって――」

「見つけました」

はっとし、僕は声が聞こえた方向に顔を向けた。腰を浮かし、レイピアを手にとって腰に構える。こんな時間に？　一体誰だ？

いつでも攻撃ができるように腰を落とし、次いで現れた人影に目を見開いた。思考がいっぱいいっぱいだったとはいえ、数分でも気を抜いてしまった自分の愚かさを呪って。

「あ、貴女は……」

「お久しぶりです。ようやく見つけましたよ――レイズ様」

危険な笑みを浮かべた王女殿下が、僕へと華麗に一礼したのだった。

第十二話　王女殿下は侮《あなど》れない

どこか恐怖を覚える程、それでいていつまでも見惚《みほ》れてしまいそうな程の笑みを浮かべて、殿下は僕をジッと見つめていた。

真《ま》っ直《す》ぐに降り注ぐ月明かり、周囲の空気は水蒸気が氷結して煌めいている。背後の揺れる木々や流れる噴水の水も相まって、殿下の美しさはより一層磨きがかかっている。

周囲の風景によって、人はどこまでも美しくなれるんだなぁ、なんて他人事《ひとごと》のように考えて現実逃避。あ、駄目だ。何か話さないと殿下の機嫌がどんどん悪くなっていく。

「お、お久しぶりでございます。こんな夜中にどうなされたのですか？　夜更《よふ》かしはいけませんよ？　すぐに部屋にお戻りになられたほうがよろしいのでは？」

「大丈夫です。夜の散歩に来ただけですから」

「また、副隊長さんに怒られますよ？」

「今日はアルがいない日ですから、心配は無用です」

「そ、そうですか」

何とか部屋に戻ってもらえるように誘導できないかと思ったけど、無理そうだ。というか言葉を続けることができない。頬を膨らませて不機嫌であることをアピールしている。前にも見たなぁ、むくれている可愛《かわい》い殿下。今回は理由が明確なんだけどね。

「レイズ様」

「は、はい」

「どうして私を避けていたんですか？」

涙目で見つめられてると心が痛いです……。けれど、ここは誤魔化すことにする。あまり殿下に余計な不安をかけたくないし、何より僕の仕事に影響が出てしまうから。

「いえ、避けていたというわけではありませんよ？　ただ、最近はずっと執務室に籠もりっぱなしで」

「嘘《うそ》ですッ！」

庭園に声が響いた。

この時間帯なら誰もいないから大丈夫だろうけど、少しヒヤッとする。

肩を震わせる殿下を、僕は何も言わずに見つめる。彼女には何か、そう確信する理由があるのだろう。まずは、それを聞いてから。

「最初の数日は、私もただお仕事のほうが忙しくて部屋に籠もりっぱなしなのだと思っていました。けれど、数日経《た》った日に、貴方《あなた》をお見かけしたんです」

「ちょっと待ってください」

何やら聞き捨てならないことを聞いた気がする。

「見かけた？　僕を？」

「は、はい」

ありえない。

僕は王宮を歩いている時は必ず不可視化を発動していたし、可能な限り人を避けて過ごしてきた。徹底的に隠れながら歩いていた僕を見つけるなんて……そんなことが？

「いつ？」

「三日ほど前の朝。レイズ様が別館の屋上から、何やら魔法を放っていた時です。朝の散歩をしていた時に、お見かけいたしました」

「そんな朝早くに……」

驚いた。

僕が毎朝遠距離から魔獣を狙撃する仕事をしている時間は、陽《ひ》が昇りきる前、空が青く変色する時間帯。普通ならばまだ眠っている時間。そんな時間に、殿下は僕を発見したという。

ただ、確かにその時間、魔獣を狙撃している時であれば、僕を見つけることはできる。

不可視化は、任意の対象を外部の人間から見えなくする透明化の魔法。この魔法の最大の欠点は、他の魔法と併用することができない点にある。魔法発動中は、不可視化は解除しなければならない。

盲点だった。まさか、そんな時間に人に――まして、最も出会うわけにはいかない王女殿下に見られてしまうとは……。それに考えれば、今日だってそうだ。寄り道せずに帰路についていれば（不可視化ありで）、見つかることもなかった。

自分の気の緩みを心底呪う……。

だけど、まだ誤魔化せる。

「……確かに、僕はこの数日間、不可視化を使用して王宮内を歩いていました。貴女をはじめ、多くの方々の目に留まらぬように。ですが、それも全て任務のためなのです」

「どういうことですか？」

殿下は驚いたように目を見開いて、両手を前で組む。騙《だま》すのは心が痛むけれど、貴女のためでもあるのです。王女殿下。

「詳しくは口外禁止ですのでお話しできませんが、これも全て、任務を遂行するための行為。決して僕が一方的に貴女を避けているわけではないのです。どうか、ご理解を」

騙してはいるけれど、決して嘘は言っていない。王都を魔獣から守るために、殿下の名を知って魔力をすっからかんにされるわけにはいかないのは事実で、魔獣を討伐するためにも不可視化で殿下に見られぬようにしなければならない。不可抗力です。

まぁ、一方的に避けているわけではないという部分は、完全に嘘なんだけれどね。うう、心が痛むよ。僕は人に嘘を吐《つ》いて平気でいられるほど心が濁っているわけではないのだから。

僕の話を聞いて、目を閉じて俯《うつむ》き、黙り込む殿下。

どうだろうか？　これで手を引いてもらえると助かるんだけれど——。

「七割本当、三割嘘……というところですかね」

「え？」

今、この御方《おかた》はなんと言った？　本当？　嘘？　妙に落ち着き払った声音だった。

僕が唖然《あぜん》としていると、殿下はゆっくりと顔を正面に向け、目を開いて顔を上げる。銀色の輝きを放っていた双眸《そうぼう》は、どういうわけか美しい黄金色に変化している。あれは……まさか。

「魔法、ですか？」

「はい。無属性近距離超位魔法——心眼《しんがん》。人の心を見透かし本質を見抜き、嘘か真《まこと》かを見破ることができる、私の占有魔法です」

「せ、占有魔法って……」

驚きを既に通り越して逆に落ち着いている。あの王女殿下が占有魔法の使い手？　誰かに話しても決して信じてもらえなさそうだ。

人の本質を見抜く能力……戦闘にはおそらく使うことはできないだろうけど、身分の高い彼女は社交界にも出るはず。人を見る能力として、その力は非常に有用なものになるだろう。

「おみそれしました。まさか、占有魔法をお使いになられるとは……それと、僅かではありますが、嘘をお伝えしてしまったこと、お詫《わ》びいたします」

「構いません。その嘘は、私を気遣っての嘘なのでしょう？」

「……感謝致します」

それは本心だ。殿下に余計な心労をかけるわけにはいかない。これは、僕らが宮廷魔法士でいるためには受け入れなくてはならないことなのだから。殿下はふっと微笑《ほほえ》んで、僕に近づく。

「貴方の嘘を許します、レイズ様。いえ、許すではありませんね。私のために負担をおかけしてしまい、申し訳ありません。そして、ありがとうございます」

「いえ、これも役目ですので――」

「でも」

僕の言葉を遮り、殿下は顔をずいっと近づけて、人差し指で僕の胸――丁度心臓の真上をつついた。

「やましいことは、ないようにしてくださいね♪」

「……はい」

口調は軽いのに、心に響くものはずしりと重い。絶対に外すことのできない枷《かせ》を嵌《は》められたような気分。

殿下、口は凄《すご》く笑っているのに、眼《め》が怖いです。貴女《あなた》の眼の光は何処《どこ》に行ったのですか？ 胸を突かれている指が凶器に見える……。

当初の恥ずかしがり屋だった貴女は一体何処に行ったのですか？ なんて思いながら、目の前で微笑む殿下に、ぎこちない笑みを返すのだった。

第十三話　奇襲は音もなく

「完全に寝不足だ……」

早朝。

僕は普段のように王宮別館の屋上に上り、外の魔獣を狙撃していた。欠伸《あくび》を噛《か》み殺しながら、次なる獲物を探して視覚強化で鮮明になった視界を動かす。

僕の周囲には、手にした蒼《あお》いレイピアと同等の大きさの雷が十数本浮遊している。狙撃態勢は完璧に整っていた。

昨晩、下宿に戻っても眠ることは叶《かな》わず、軽く意識を飛ばした程度の睡眠しかとることができなかった。殿下の最後のお言葉と眼が怖すぎたのと、魔獣の件が頭から離れなかったのだ。眠れないから一晩中レイピアをピカピカに磨き上げた上に、朝御飯までしっかりと作って食べてきてしまったよ。あ、魔獣発見。

「やれやれ、こんなものかな」

残っていた雷を霧散させる。目に見える粗方の魔獣を倒し終えた。昨日は散々狩りまくったから、流石《さすが》に今日狙撃した数はとても少ない。多分、十体くらいかな？　いつもの三分の一程度しか目に入らなかった。いいことだ。

今日は執務室に入ったらすぐに会議がある。勿論《もちろん》、今回の魔獣の件だ。ヘレンさんが回収した魔石を幾つか研究室に持ち込んで、そこで分析してくれるそうだから、それの結果を待ちながら。ここの研究員は王都でも選《え》りすぐりの人たちで構成されているから、分析もすぐに終わることだろう。

会議となれば、お茶を淹《い》れるのは基本的に僕。長引けば長引くほど、あの人たちの飲む量は明らかに増えるからなぁ……。多分一番大変なのは新入りの僕だ。

それにしても眠い。ほぼ徹夜＋朝早い。これで眠くならない人なんていないだろう。

「……皆が来るまで時間あるし、一眠り――ッ‼」

肩をほぐしてぼやいた途端、背筋がぞわりと震えた。強い殺気――いや、危険な気配。

同時に、反射的にレイピアを上段横薙《よこな》ぎに振るう。金属が衝突し合う甲高い音が響き渡り、次いで僕の頬を何かが擦《かす》る。ズキンとした痛みの後、微量の血が滲《にじ》み出て頬を伝い、石造りの床に落ちる。赤い斑点を横流しに見て、僕は頬を伝う血を拭った。

「……なにが」

カランと音がした方向を振り向くと、そこには真っ二つに両断された鉄製の果物ナイフ。

明らかに、何者かが僕を狙って投げたに違いない。僕が知る限り、天気に晴れのちナイフなんてものはないからな。

でも……ここにナイフを投擲《とうてき》するなんて、普通はできないぞ？　ここは王都の中で最も高い建物の屋上。王都郊外までを見渡すことができるほどだ。そんな場所にいる僕に届かせるどころか、しっかりと顔に命中させるとなると、恐らく魔法も使用されているはずだ。本気で僕を殺しに来ている。……いや、狙いは僕じゃないかもしれない。王宮にいるこの国の重要人物を狙っている可能性もあるか。

「案件は、魔獣だけじゃなかったってことか」

視線を鋭くし、叩《たた》き折ったナイフを拾い、飛んできた方向を強化された視覚で睨《にら》む。王都南西付近をジッと。すると、微《かす》かではあるが、怪しげな黒いローブに身を包んだ人影が路地に入っていくのが見えた。

「逃がさない――指光弾《しこうだん》」

人差し指を視線の方向に向け、光属性遠距離中級魔法――指光弾を発動。指先から射出された光は円錐状《えんすいじょう》に収束していき、一瞬で目標地点――民家の窓ガラスへと着弾、進行角度を九十度変化させ、黒い人影が消えた路地へと進んだ。

何も直線だけが遠距離魔法ではない。地形や物を利用して、対象を狙撃することもできるのだ。鏡の跳弾のように。

こちとら毎日毎日王宮から郊外の魔獣を倒す重労働をしている身。こき使われている男をあなどるなかれ。自慢できることじゃないな。

命中しているかはわからな――自分の腕を信じよう。確実に命中しているはずだ。直前に見えた足の角度から右側に移動したのは確認しているし、壁に張り付くとか空を飛ぶような前兆も見られなかった。

「急ぐか」

心臓を狙ってはいないので、死んではいないはず。足を貫いているはずだが、逃げられでもしたら大変だ。危険因子は徹底的に排除しておくにこしたことはない。

僕はレイピアを持ち、身体強化を施して王宮を駆け抜けた。

◇

「確か、この辺りのはず……」

王宮を飛び出し、人の少ない王都の大通りを一直線に駆け抜けた僕は、先程指光弾を打ち込んだ路地の付近まで来ていた。今は身体強化を解除し、辺りを見渡している。昼になれば多くの人々で賑《にぎ》わうのだろうが、今はほぼ無人。早朝から開店している喫茶店などでは既に準備が始まり、灯《ひ》がついているのが見える。

そんな表通りとはうって変わって、路地は未《いま》だ薄暗く、どこか陰湿な空気が漂っていた。置かれた樽《たる》の上には野良猫《のらねこ》が伏せた状態で寝転んでおり、目を閉じて眠っている。

建物の壁は薄黒く汚れていて、長らく掃除をしていないことが窺《うかが》えた。

その小汚い壁の下方に、まだ新しいものと見られる血痕が確認できた。

「命中したのは、脚だな」

血痕が付着している箇所と、地面に幾つか飛び散った跡からそう判断。胴体を貫いていたなら、恐らくもっと上の方まで血が噴き出しているだろう。

上出来。狙い通りだ。脚が動かないのなら、動きも鈍くなる。たとえ魔法で傷を塞いだとしても、痛みはすぐにはなくならない。

周囲を警戒しつつ、路地の奥へと進んでいく。

不可視化は使わない。あれを発動していると、どうしても他の魔法を発動するのに手間取ってしまうからだ。それに、もしも不可視化を見破る魔法を持っていたらと考えると、危険でしかない。僕は近距離での戦いでは不利になる程の実力しかないのだから。足音を殺して、ゆっくりと歩みを進める。

決して慌てずに、兎《うさぎ》に近づく獅子《しし》のような気持ちで――――ん？

「これは、ナイフ？」

足元に落ちていたのは、何の変哲もないただのナイフだ。見たところ、僕に向かって投擲されたものとよく似ている。持ち手はグリップが巻かれて持ちやすく、重さもかなり軽いほうだろう。

もしかして、さっきの人影の人物が落としたのか？　痛みに耐えかねて転倒し、得物を落としてしまった可能性は十分に考えられる。

「案外、おっちょこちょいな奴《やつ》だったのかも――」

少しだけ笑みを浮かべてそのナイフを手に取り――戦慄。よく磨かれたナイフの刀身に、僕の首を狙って斧《おの》を振り上げる黒いローブを纏《まと》った男の姿が映っていたから。

「――チィッ！」

大きく舌打ちをして、僕は瞬間的にレイピアを引き抜いて防御の姿勢を取る。アルセナスの振るった本気の一太刀を容易《たやす》く防いだ僕のレイピア。斧なんかで折れる程軟弱な造りではない！

男が振るった斧の刃はレイピアの中心に衝突。あまり良い素材ではないのか、鈍い音と共に凄《すさ》まじい衝撃が刀身を通じて手に伝わる。折れないとはいえ、力では完全に不利だ。このままだと、押し負ける。

角度を変え、流すように斧をいなし、大通り側へと立ち位置を変える。

これで、一般人のいる大通りへは逃げることはないはずだ。あまり人がいないとはいえ、そろそろ陽《ひ》も昇る頃。街の人々が起床する時間だ。

頬を嫌な汗が伝い、心臓の鼓動が脈を刻むリズムを上げる。

僕とあの男、恐ろしい程に相性が悪い。

僕は基本的に遠距離からの一方的な射撃攻撃を得意とする後方支援・遠距離戦特化型。近距離での戦闘も、前線で戦うパートナーがいてこそ力を発揮する。僕一人でできるのは、精々相手の攻撃をギリギリで躱《かわ》し、隙をついて遠距離用の攻撃魔法を近距離から当てることくらいだろう。それも、結構時間がかかる戦い方で。

逆に、眼前の男は完全な近距離戦闘特化型。斧——恐らく、何らかの強化魔法を付与——を振り回し、一方的に距離を詰めて殺しに来る。速度も速く、先程のナイフのような事前準備や罠《わな》も使ってくる。

唯一の救いは、彼が脚を回復魔法で癒やしておらず、出血が続いたままでの戦いになることだろう。必然、速度も落ちる。

状況の分析を行っていると、男は突然腰元からナイフを三本引き抜き、僕に向かって投擲。多少の距離が離れているため、軌道を読んで叩き落とす。投擲技術も素晴らしい。素直に称賛だ。

僕がナイフを叩き落とした瞬間、男は一息に距離を詰め、再び斧を一閃《いっせん》。身を屈《かが》めて躱し、一瞬力を込め、レイピアの切っ先で喉元を狙う。が、寸前で身を捻《ひね》られ、浅く突き刺す程度に。すぐさま引き抜き、鳩尾《みぞおち》に前蹴りを打ち込み突き飛ばす。男は身体《からだ》をのけぞらせ、片足を浮かして後退。がっしりとして、頑丈な肉体だ。

レイピアの先端に付着した血。刀身を振るってそれを落とした時、右腕に鋭い痛みを感じた。見ると、前腕に切り傷がついており、鮮血が滴《したた》っていた。

「離れる瞬間に……」

突き飛ばした時、足元のナイフを蹴り上げて僕の右腕を攻撃したのだろう。遅れて、すぐ背後からカランという音が聞こえた。

強い。

周りの状況をよく見極め、有効な手段を有効な方法で活用してくる。一見力任せのように見えて、細かい策を有する。僕も心してかからなければ、負けるかもしれない。

最大限の警戒をしながら、僕は男に切っ先を向けた。

「狙いはなんだ?」

「……」

虚《うつ》ろな表情、返事はない。答えるつもりはなさそうだ。恐らく捕らえたとしても、何かを白状することはないだろう。ならば、この場で倒すほかは──。

「ッ──なんだ……？」

突然身体に力が入らなくなった。同時に、眼《め》がうっすらと霞《かす》んでくる。レイピアをカランと地に落とし、思わず膝をついてしまった。これは……まさかッ！

「毒が、付与されて、いたのか……」

恐らく、先程のナイフだ。右腕を切り裂いた時、同時に毒を僕に……。強《したた》かな奴だ。だけど、本当にまずい。身体が力を込めても言うことを聞かない。奥歯を噛《か》み締めて男の方を睨むと、勝ちを確信したようにゆっくりと僕に歩み寄ってくる。斧を引きずって、悠々と。

どうする？　最後の力で最大限の抵抗を図るか？　いや、それならば確実に殺せる魔法を──そんな時間はもうない。近距離魔法でできる限りの時間を稼いで──。

頭の中で策を絞り出すが、全く有効な手段が出てこない。既に男は目の前。膝をついた僕に向かって斧を振り上げる。

「くッ──死針──」

「炎燃刃《えんしょうじん》」

魔力を込めた僕の背後から、聞き馴染《なじ》みのある声が聞こえた。ハッとした時、斧を振り上げた男の胸には炎の刃《やいば》が燃え刺さっており、肉の焦げる嫌な匂いと血を吐き散らし、その場に仰向《あおむ》けに倒れた。

この魔法は、見覚えがある。

危ない。助かった。心の底から安堵《あんど》すると、呆《あき》れた声が。

「ったく、なにやってるんだレイズ。本当に近距離戦はゴミカスだな」

「は、はは。お早い出勤ですね、エルトさん。けど、助かりました」

僕も仰向けに寝転ぶ。

視線の先では、片腕に燃え盛る炎を纏わせた赤髪の青年――先輩のエルトさんが、呆れた眼で溜息《ためいき》を吐《つ》いていた。

第十四話　多分、うちの部署に優しい人はいない

「んで、こいつを発見したってわけか」

「はい。王宮から魔法を撃って脚に命中させはしたんですが……やっぱり、僕には近距離戦は向いていませんね。負傷している相手にここまで追い詰められるとは」

面目ないと、僕は気を落としながらレイピアを納刀する。

ローブの男を倒してからおよそ数分。

僕はエルトさんにこの状況に至った経緯を説明していた。傷口から入り込んだ毒の効力は一時的に身体を麻痺《まひ》させる類のものだったようで、既に自由に力をこめることもできるようになっている。副作用は多少出ているが、意識を手放すほどではない。

いやよかった。数時間行動不能になっていたら、エルトさんに執務室まで運んでもらわなければならないところだった。そして全く動くことができない僕を見て、他の人たちが色々と遊び始めるのだろう。口に激臭物とか入れられたら普通に死ぬ。助けてもらった命を溝《どぶ》に捨てるわけにはいかない。

羽織っていたローブの懐《ふところ》から最初に投げられ、真っ二つに両断されたナイフを取り出

し、エルトさんに手渡す。

「これが飛んできたナイフか？」

「はい。正直、未《いま》だに信じられません。ここから王宮別館まで、目算でも直線五百メーラはありますすよ？　歩いてもそれなりに時間がかかる距離です。そんな遠距離を正確に狙うなんて……」

「その更に遠距離を正確に狙い撃つお前が言うのは嫌みにしか聞こえないんだが……」

エルトさんはそんなことを言いながら、足元に倒れる男の死体——胸に穴が開き、その周囲が焼け焦げている。見事な火力制御だ——に手を伸ばし、黒いローブの首元を燃焼させた。一体なにを？　と言う前に、手招きをされた。

「それより、こいつの首を見てみろ」

「？　首ですか？」

近づいて覗《のぞ》き込むと、なんだ？　見たことのない魔法式のようなものがびっしりと刻み込まれている。

「これは……」

「精神支配魔法」

驚くほど冷たい声で、エルトさんはそう言った。

精神支配魔法……名前は聞いたことがある。

名前の通り、他者の自我を支配し、術者の思いのままに操る魔法だろう。確か、使用・習得を禁じられている禁止魔法に指定されているはずだ。違反者は、極刑に処される。

「こいつ、多分戦っている時も意識はなかったんだろうな。自我を失った状態で、ただレイズを殺せという命令に従って攻撃を仕掛けたんだろう。ナイフを遠距離まで投げた魔法はわからないが、他にも敵がいることは確かだな」

「確かに、戦っている最中《さなか》一切言葉を発していませんでしたね。問いかけても虚《うつ》ろな表情で返事もなかったですし」

「確定だな。どの程度のレベルのものなのかはわからないんだが、お前の話を聞く限り、相当強力な精神支配だろうな。自我がない分、死ぬ苦しみもなかったとは思うが」

だとしても、少しだけ同情心が湧く。

自分を殺そうとした相手とは言え、自身の意思でないならば恨むのはお門違いだ。可哀《かわい》想《そう》に。

そっと死体に手を合わせる。せめて、魂が救われますように。

「……それにしても、精神支配の魔法だってよくわかりましたね。何か、本でも読んでいたんですか?」

「使えるわけじゃないが、似たような魔法式を見たことがあったからな。すぐにわかった」

「へぇ、意外ですね」

そんな博識には見えなかったんだけれど……人は見かけによらないとは本当のことだったようだ。普段は仕事サボってばかりなのに。どうせなら普段から仕事してほしい。今回は本当に助かったけれど……えっと。

「ど、どうしたんですか？　怖い顔してますけど」

「…………」

エルトさんは黙り込んで虚空《こくう》を睨《にら》み続ける。一体どうしたんだろう？　こんなに怖い顔をしているエルトさんは初めて見る。軽い男のイメージが一気に覆《くつがえ》されるようだ。

数秒後、ハッと我に返ったように声を漏らし、頭を左右に振った。

「悪い。なんでもない」

「大丈夫ですか？　調子が良くないなら今日は帰っても」

「心配すんなよ。というか、体調の心配するならお前のほうだろ。身体に毒が入ったんだぜ？　なんでそんなにピンピンしてんだ」

「別にピンピンしてるわけではありませんよ？　ただ身体に力が入るようになったので、

座っておく必要がないだけです。まぁ敢《あ》えて言いますと、めちゃくちゃ吐き気がするのと頭痛が半端《はんぱ》じゃないです」

「めちゃくちゃ毒回ってるじゃねぇかッ！　そいつは俺が運んでやるから、急いで王宮まで行くぞッ！」

思いっきり僕の頭を叩《たた》いて、エルトさんは転がる男の死体を肩に担《かつ》いで王宮へと走り出した。身体強化を用いて、とてつもない速度で。

待って。今の僕にはそんなに速く走れる自信がない。というか心配するなら置いていかずに僕を担いで行ってください。抗議したいけれど、もう見えない。……仕方ない。

結局吐き気を我慢して身体強化を発動し、気絶しそうなほど痛む頭を押さえて王宮まで走ったのだった。酷《ひど》い。

◇

「死にかけ」

「血色が悪いわね。本当によくここまでたどり着けたものだわ」

息も絶え絶えで王宮の執務室の扉を開けた途端、そんな心ない言葉が降り注いだ。この部署には心配するとか労《いたわ》ることができる人はいないのか？　顔面蒼白《そうはく》で息を荒くしている新人を見てこの冷たい反応って……宮廷魔法士ってこんなに苛酷な職業だっけ？

いや、それよりまずは体内の毒を中和しないと……。

「す、すいません……身体《からだ》に毒が回ってるんで――」

「事情は聞いているからこっちに来なさい」

「へ？」

素っ頓狂な声を上げて、ヘレンさんの言うとおりにそちらへと向かう。と、彼女は僕の胸に人差し指を置いて、指先に魔力を込めた。

……この感じ、先日王女殿下にお会いした時にされたことを思い出す。おっと、背筋が。

「――解毒《げどく》」

ヘレンさんが魔法の名称を紡《つむ》いだと同時に、身体に何か温かいものが流れ込んでくる感覚を覚え、胸の芯が熱くなる。次いで、身体を襲っていた吐き気や頭痛が嘘《うそ》のように引いていき、体調は万全そのものになった。

「はい。これで大丈夫なはずよ」

「あ、ありがとうございます。流石《さすが》ですね」

「褒めても何も出ないわよ」

ふふっと笑う姿も美しい。

彼女が使った魔法は、光属性近距離中級魔法——解毒。対象を冒している毒物や毒魔法を完全に除去・消滅させる、治癒系統の魔法だ。僕は攻撃特化なので、治癒魔法は最低限しか使うことができない。精々、傷口を殺菌・再生能力を高める程度だ。すぐに治るわけではないし、こうした外傷ではないものに関しては手の施しようがない。傷口を申し訳程度に塞ぐことはできるけれど。

何度か治癒系統の魔法を覚えようとしたこともあったけれど、センスがないのか、全然覚えることができなかった。

いや、今はその話はよそう。それよりもするべき大切なお話がある。

「事情は知っているようですから、手短に。恐らく、今後も今回のような襲撃がある可能性があります。何かしら、対策を立てておく必要があるかと。当然、僕らだけでなく王宮全体で」

「承知しているわ。既に通信石で各部署に通達してある」

仕事が早いことだ。

とはいえ、それで危険が減ったというわけではない。男を操り、奇襲を仕掛けた犯人をあぶり出さなければ。

「しかし、また厄介な時期に起こったもんだな」

「寧《むし》ろ、このタイミングだから？」

「？　なんのことですか？」

意味深な会話だけど、僕には全くわからない。エルトさんとアリナさんは知らないのか？　という顔を僕に向けてくるけれど、全くわかりません。

「レイズ君は、数ヵ月前に王都に来たばかりだから知らないのも当然よ」

「あ、そっか。あんな辺境の田舎村で暮らしてたもんね」

「ほとんど人もいないような秘境ってやつか？」

「馬鹿にしすぎでしょ。ちゃんとした村です」

確かに僕の故郷の村は人口が少ないし、秘境といえば秘境らしいけれど、流石に言いすぎだ。

不機嫌そうにする僕とからかう二人を見て、ヘレンさんは笑いながら説明してくれた。

「七日後に、王国の建国記祭があるのよ。王国が誕生して、丁度千年の節目を迎える大事な式典がね」

「王族の面々が街でパレードを行うことになってる。人前に出る分、危険も多くなる」

「毎年、建国祭は盛り上がるのだけれど、今年はスケールが違うでしょうね……っと、ごめんなさい、通信だわ」

ヘレンさんは発光した通信石が埋め込まれた魔導具を持って離れる。

しかし建国祭があるなんて……とてつもなくタイミングが悪いな。当然王家の方々には護衛をつけるのだろうけど、こんな事件があったばかり。実力不足と判断される者を護衛に当てるわけにはいかないだろう。それこそ、絶対的な強さを持った者を……ヘレンさん、なんでこっちを見てニヤニヤしているのですか？

「たった今連絡が来たわ。建国祭当日、王家の方々の護衛について」

「はぁ。王から嫌われている僕らですから、どうせ当日も治安の維持とかですよね？」

「レイズ君以外はね」

「？」

僕以外ってことは、僕には別の仕事があるということか？　もしかして、王宮別館から怪しい者を事前に察知して、行動不能にするとかそういう任務？　それなら逆にありがたい。人混みとか他人と接する仕事なんて本当にやりたくないし。

何をやるのかわくわくしながらヘレンさんの言葉を待っていると、彼女は非常に悪い笑みを浮かべながら、僕の役目を告げた。

「レイズ君の建国祭当日のお仕事は――」

それを聞いた僕は、身体が硬直するとともに、嫌な汗が頬を伝ったのだった。

第十五話　予感

翌日の早朝。

いつものように朝の一仕事を終えた僕は、すぐには別館屋上を離れることなく、壁に背中を預けて黄昏《たそが》れていた。腰元にはいつものようにレイピアを差し、黒を基調とした服装に、宮廷魔法士の証《あかし》であるローブを纏《まと》っている。

普段と何の変わりもない服装。だけど、その中で唯一違う点が一点だけ。

「……責任重大すぎるよ」

鉛よりも重いと思う溜息《ためいき》を吐き出して、項垂《うなだ》れた。普段はない、金の薔薇《ばら》が模《かたど》られたブローチを人差し指で触れて。

「こんな責任重大な任務を入ったばかりの新人若造に任せるとか……どう考えても異常すぎる。直接顔を合わせるわけではないとはいえ、もっと熟練の騎士とかいただろうに……」

恨み言をつらつらと並べれば、次から次へと止《とど》まることなく出てくる。心にのしかかった重圧はそれでも取れることはないけれど。でも、一人で塞ぎ込んでプレッシャーに押しつぶされるよりは全然気が楽になる。まぁ、昨日の夜に散々エルトさんに愚痴を聞いてもらったんだけど。

「全く……なんで僕がこんな」

ぶつくさと言うのは格好悪いことなのかもしれないけれど、別に気にしない。この場には僕しかいないから、誰も僕を蔑んだ目で見る者はいないから。

明るくなりつつある空を見つめて、僕は昨日のことを思い出した。

◆

「レイズ君の建国祭当日のお仕事は——ずばり、王女殿下の影の護衛よ」

「影の護衛……ですか？」

ヘレンさんが言った仕事を、僕は呆然《ぼうぜん》と復唱する。影の護衛……ってなんだ？　王女殿下の影を見守れってことじゃないだろうし。いや、まぁ大体の察しはつくんだけど、言い方に問題がね。

「あのぉ、どうして僕が王女殿下の護衛をしなければならないのでしょうか？　護衛なら既に何名もの宮廷魔法士がついていると思うのですが？」

「当然いるわよ。知っているだけで、既に五名の宮廷魔法士が護衛についている」

「だったら――」

「でも、全員が全員、対人戦に向いているというわけではないの」

「？」

どういうことだろうか？　宮廷魔法士になることができたのなら、相応の実力を持ち合わせているはず。対人戦に向いているとかいないとか……訳がわからない。

困惑する僕に、ヘレンさんは丁寧に説明をしてくれた。

「宮廷魔法士は、王国の中でも屈指の実力を持つエリートよ。それは変わらない。だけど、全員が全員戦いを想定した訓練を施されているわけではないの。宮廷魔法士試験に受かるための特訓をしてきた子たちがとても多いから、そういう子たちでは不十分。かと言って、人数もそこまでいるわけじゃない。実戦慣れしている強い魔法士は、現国王の護衛についてしまっているし」

「だから、俺達の部署の誰かが、姿を隠しつつ影から守ることになったんだろ」

エルトさんはソファに座ってふんぞり返りながら、僕に言った。

王女殿下も超重要人物なんだから、その人を守る護衛くらい手配しておきなよ……。あとエルトさん、勝手に僕を置いていった分際で態度がでかいんじゃないですかね？　助けてくれたことには感謝してますけど、それとこれとは話が別ですよ？　後でキッチリ話しましょう。

ところで――。

「僕らの部署からだったら、エルトさんやアリナさんのほうが適任なんじゃないですか？　ほら、お二人は近距離戦だと敵なしですし」

自慢ではないが、僕は近距離戦が本当に苦手だ。遠距離魔法は基本的に狙いを定めてから射出する魔法。近距離魔法は身体的技能に上乗せ、又は一秒とかからずに発動させ、且《か》つ高威力を持つものが多い。近距離・中距離魔法は無属性以外初級しか使えない。剣術や体術は一般兵士並の実力はあるので、相対的な評価は雑魚《ざこ》。先程も痛い目を見てしまったほどだ。

と申し上げてはみたが、返ってきたのは尤《もっと》もな答えだった。

「確かに、二人のほうが近距離戦だと強いわ。けれど、それは周囲への影響を度外視した場合に限る。王都郊外では力を発揮できても、王都の中では必然的に魔法に制限をかけることになってしまうのよ。建国祭の日に王都中の建物が倒壊しました、なんて目も当てられないわ」

「おい室長。それはいくらなんでもあんまりな言い草じゃねぇか？」

「私達も多少の制御はできる」

「はいはい。多少ね」

相手にする気もないと流し、ヘレンさんは僕に再び向き直った。

「その点、レイズ君の遠距離狙撃魔法は非常に優秀だわ。一ミーラの隙間にも魔法を撃ちこむことができる正確さと、確実に対象を仕留める狡猾《こうかつ》さを持っている。加えて、貴方《あなた》は不可視化の魔法を使うこともできる。この部署で最も適任なのはレイズ君なの！」

手を摑《つか》まれ、顔をずいっと近づけられて頼まれる。流石《さすが》にここまで情熱的に説得されては、受けざるをえない。というか、新入りの僕が拒否することなんてできるはずがないんだけれど。

「まぁ、最善を尽くしますけど、普通の護衛では駄目なのですか？　そっちのほうが守りやすいと思うんですけど」

「私達が直接護衛につくと、上のほうがうるさいのよ。特に、伝承を信じ切っている貴族からね」

「なるほど」

頭の硬い貴族様もいるものだ。伝承を信じて強者《つわもの》を護衛につけなかった結果、王家の方々が怪我《けが》をされては元も子もないというのに。

「あ、でも覚えておいてね？　万が一王女殿下を守ることができなかったならば、貴方の首が物理的に飛ぶことになるからね？」

「最後に変な圧をかけないでくださいッ！」

◆

「…………はぁ」

本日何度目かわからない溜息を吐《つ》く。

最後の言葉、絶対に責任の重い仕事につく人へ向ける言葉じゃない。いやけどまぁ、気を引き締めるためには丁度いい言葉かもしれないけどさ。

胸元の薔薇のブローチを弄《いじ》る。

純金で作られているこれは、謂《い》わば王家の方々の護衛につくものが身につけるシンボルのようなものらしい。常に不可視化を使用して殿下を護衛する僕に、はたして必要なのかと思うのだけれど、つけておけと言われたのでつけるしかない。

僕にこういったお洒落《しゃれ》なものは似合わないのに……。

「戻るか」

屋上を後にし、階段を下りて王宮通路を歩く。まだ六日あるというのに、既に胃がキリキリと痛みを訴えている。

責任重大……首が飛ぶ……死……。

様々なことが頭の中に浮かび上がり、もう平常心とか保っていられない。これはまた、数日の寝不足状態が続くことになるな……。はぁ、過労死しそうだ。

『それ、本当なのか？』

「ん？」

不意に足を止め、声のした方へと向き直る。視線の先には、出勤したばかりと見られる二人の魔法士の姿があった。どちらも二十代半ばと見られ、その顔には不安が滲《にじ》み出ていた。

僕は何の会話をしているのか聞こうと、聴力を底上げして二人の会話を盗み聞き。これは決して悪いことではないんだ。単なる情報収集の一環なんだから。寧《むし》ろいいことだ。

「あぁ、本当らしい。王家親衛隊の連中が数人、忽然《こつぜん》と姿を消したんだとよ。しかも、そいつらのいた部屋には大量に飛び散った血痕が残されていたんだ」

なんだその不気味な事件。

王家親衛隊と言えば、以前に会ったアルセナスという男が副隊長を務める部署だ。建国祭を目前に控えているというのに、護衛の数は足りているのか？

「気味が悪いな。全部で、何人の親衛隊員が？」

「正確にはまだわかっていない。だが、驚くなよ？　消えた親衛隊員の中には王家親衛隊の副隊長である、アルセナス様も含まれているらしい」

はぁッ⁉

あのアルセナス＝クロージャーが行方不明？　王家親衛隊の副隊長ともあろう実力者（性格に難あり）が消えることなんて、あるのか？　王家に対しての忠誠心が異常な程に篤《あつ》い彼が、建国祭間近となった時に自ら消えるとは考えにくい。というか室内に大量の血痕があるなんて事件性しかないよ。

彼が負けて、負傷した上で連れ去られた？　そう考えると、犯人は相当の実力者ってことになる。少なくとも互角ということはありえないだろう。戦った上で、彼の身体《からだ》を持ち去る体力を温存しているということになるのだから。

二人の会話はまだ続いていたが、僕は早々にその場から立ち去った。別に、気分を害したとかそういうわけではない。寧ろ、先程まで感じていたプレッシャーが嘘《うそ》のように吹き飛んだくらいだ。

顎に手を当てて、思考を走らせながら執務室を目指す。

「……どうやら、建国祭は平穏には終わってくれなさそうだな」

確信に近い予感を感じて、僕は状況の整理をするのだった。

第十六話　とある御方《おかた》の夢

王国建国祭までの時間は、あっという間に過ぎていく。

その間、王都の商業地区では当日に備えた屋台の骨組みや、サーカスのテント設置が執り行われ、あちこちの店では料理の仕込みなどが始まっていた。

今年は千年という節目を迎える特別な記念日。

やはり、民の気合や意気込みも例年とは比べ物にならないほどだったのだろう。僕は例年を知らないからよくわからないけれど。

建国祭に備えているのは、無論民だけではない。王国に仕える宮廷魔法士や騎士団、役人たちも非常に多忙な数日を過ごすことに。

各員の役目を割り振ったり、当日の治安悪化を懸念《けねん》しての対策、諸外国客人への対応。

そして、主役でもある王族の護衛。

様々なことへの準備がこの数日に一気に行われ、当日を迎える前に疲れ切った表情をしている者が何名も見られた。

つい数時間前にも、ベンチに座って「俺、もう頑張ったんじゃないか？」「は、はは。

大変すぎて仕事が楽しくなってきたぜぇぇぇぇぇッ！」「はぁ……はぁ……もうすぐ楽園が見える頃だぁぁぁぁ」とか何とかやってる人たちが見られた。

やばい。危険な薬を摂取して五分経過した頃の薬物依存者みたいになってる。近づきたくない。

いや、いかんいかん。お疲れ様です。

かくいう僕も、非常に大変で濃密な数日を過ごしていたのだけれどね。

「レイズ君ッ！　今から三十分以内に中央広場に行って、ここにリストアップされている出店許可の出ていない屋台を潰してきてッ！」

「潰してくるって横暴なッ！　警告してくるだけですからねッ！」

「おいレイズ。今遠くの上空にヒポグリフの成体が飛んでいるのが見えた。こっちに来られても面倒臭いから、ちょっと撃墜してきてくれ」

「今僕が忙しいの見ればわかるでしょうッ！　接近したらエルトさんが撃墜してきてくださいッ！」

「黙れ。俺じゃ無理だ。遠距離スナイプの化け物のお前がやれ」

「あぁぁぁぁぁぁぁぁッ！　もぉぉぉぉぉッ！　（ズバンッ！）」

「レイズ。私は今からお昼寝するから五時間経《た》ったら起こして。少しでも時間がずれていたら、即刻植物の養分にするから」

「アリナさんは昼寝せずに仕事をしろぉぉぉぉぉぉぉぉぉぉぉッ！」


とまぁ、こんな感じに。

毎日毎日上司、先輩、他の部署の方々にこき使われて、もう心も身体もヘトヘトでございます。僕の仕事、王女殿下を陰から護衛することだけじゃなかったの？　仕事明らかに増えてる……というかおかしいよね？　量がえげつないんだけど。

この仕事の多さと忙しさのせいで、先日聞き耳を立てた不穏な情報について全く考察できていない。親衛隊員が何人も、しかも副隊長が消えているというのに、そのことに関することは全く耳に入ってこない。ヘレンさんに事実確認は済ませてあるけど、それよりもまずは建国祭を優先しろ、とお達しが来ているらしい。

人命よりも祭りを優先するのかと思ったけれど、実際準備を経験すればわかる。本当に忙しい。そのことに人材を割いている余裕なんて微塵《みじん》もないのがよく理解できた。流石に数人は調査に送り込んでいるらしいけど、必要以上の人員を割くと貴族たちがうるさいということだ。

それに、多くの民が望んでいるのはどちらかを考えれば、自《おの》ずとその答えは見えてくる。親衛隊員数名の行方を捜すことを優先するか、王国の建国祭という年に一度の大きな行事を優先するか。当然、後者だ。結局自分に関係のないことなんて、微塵も興味が湧かないのだろう。

僕としては少し、親衛隊員のほうに関心があるのだけれど、それに付きっきりになることは難しそうだ。まぁ、何か起こったらその時対処すればいいか。

紅茶を飲んで休んでいると、そろそろ僕の休憩時間も終わりを迎えるようだ。すでに通信石は異常なほど発光している。どうせ、早く仕事に戻ってこいという通知だろう。僕、休憩してまだ三分なんですけど……。

「全く、準備すら平穏に終わってくれないのか……」

嘆きとも言えるような呟《つぶや》きを漏らし、僕は再び地獄の仕事場へと身を躍らせるのだった。

そんなこんなで、建国祭のことを伝えられてから七日が過ぎた。

今日は全ての民が待ちに待った、王国建国祭当日。

建国千年の節目を迎え、この国の安泰を祝う祝福の日でもある。

◇

——夢を見ていた。

私にとって、ふとした時に思い出す大切で、とても印象に残っている記憶の夢を。

「——」

薄暗い、まだ朝日も昇っていないような早朝の森の道で、私は恐怖で声も出せずに全身を震わせていた。

「ひ、姫様ッ！　馬車の中へお戻りくださ——ぐあぁッ！」

恐怖のあまり立ち竦《すく》んでいた私を案じて振り向いた騎士の方が、突如襲い出た十数体の魔獣——そのうちの一体に吹き飛ばされ、意識を失ったようにぐったりとしてしまった。

わ、私を気にかけたせいで——。

「くそッ！　なんだこの魔獣たちは、強さが尋常ではないぞッ！」

「堪《こら》えろッ！　何とかして、姫様だけでも！」

残った僅かな騎士の方々は皆一様に私を守ることに躍起になり、既に自らの命を捨てたも同然のように扱っている。血に濡《ぬ》れる額を拭い、再び剣を構えて。

その事実に、私は言葉にせずともとてつもない罪悪感に襲われた。

ただ一国の王女というだけの、何も持たない女の子なのに……。気高い精神と折れない心を持った彼らのほうが、よっぽど生きなければならない人たちなのに……。

「誰か……彼らを、助けて」

何もできない無力な私を許してほしい。

心の中で懺悔《ざんげ》の言葉を紡《つむ》ぎながら、来るはずのない助けを求めて呟いた。私よりも、彼らを助けてくれる強い人を……。

けれど、救世主の代わりに私の耳に入ってきたのは、眼前で悪戦苦闘を繰り広げる騎士の方々の苦痛に溢《あふ》れた声だった。

見ると、魔獣によって薙《な》ぎ倒された一人の騎士様の腕がありえない方向に曲がっている。肉を突き破った骨もその白い表面があらわになっていた。

しかし、その騎士様は再び立ち上がる。思わず目を背けたくなるほどの傷を晒《さら》し、なおも私を守ろうとする騎士道精神は、感服に値するもの。だけど……その時の私は、ただ黙って見つめることしかできなかった。

逃げ出したいけれど足が動かない。戦いたいけれど力がない。何一つできない私を……どうして。

「あ、あああ、あぁ──」

自責の念に押しつぶされ、瞳から涙が溢れ出た時。

「ひ、姫様ッ！」

「え？」

声に反応して振り向くと、一体の鳥型の魔獣が天より垂直に降下し、口腔《こうこう》を大きく開きながら迫って来た。私を──見つけた餌を一息に頬張るために。

あぁ、最後まで、駄目な王女でした……。

ほとんど決定された死という未来を受け入れ、肩の力を抜いた、その時、

──私を食べようとしていた魔獣の頭が、突如として飛来した雷によって、一瞬で消し飛んだ。

言葉にならない驚きと動揺を感じていると、数瞬後には私達を囲っていた魔獣が何の抵抗をすることもできないまま、次から次へと胸や頭に雷を浴び、絶命していく。

しかも、飛来した雷は一つたりとも狙いを外すことなく、正確無比に魔獣だけを撃ち抜いて。

ものの数分もした頃には、私達を襲った魔獣は一体も残さず倒され、護《まも》ってくださった騎士の方々は、疲れたようにその場に座り込み、魔法士の方が簡易的な回復魔法を使い、

傷を癒やしていく。

本来なら、すぐさま駆け寄り、お礼と謝罪を述べなければならないのかもしれません。

だけど、私はそれよりもまず、視覚強化を使用して、雷の飛来した方向を確認しました。

数秒後、私の視界に映っていたのは――

◇

「――ッ」


カーテンの隙間から差し込む朝日に、夢の世界から浮上した。

先程までの森ではなく、王宮にある私の私室。豪奢《ごうしゃ》なベッドの調度品が、光を反射して輝いている。

時刻は……しまった、寝すぎていた。

今日は建国祭の日なので、王宮勤めの方々は非常に忙しくなることでしょう。当然、私も。

あぁ、夜に行われる王家のスピーチの言葉も考えないと。

色々と考えを走らせながら、私はベッドから起き上がり、カーテンを全開にした。

第十七話　だらしない大人にはなりたくない

「……疲れた」

寝起きの第一声は、清々《すがすが》しいはずの朝とはかけ離れたものだった。

昨日までの準備やら余計な仕事が横入りしてきたやら、意味のわからない植物に拘束されるやらで、精神的にも肉体的にもかなり疲労困憊《こんぱい》。しかも、仮眠中にアリナさんがテントの中に入り込んで来て、僕を抱き枕にして眠り始める始末。本当に勘弁して。あの人寝相滅茶苦茶《めちゃくちゃ》悪いんだから。耳とか噛《か》まれるし。

いやまぁ、王女殿下のお名前を聞いてしまった後に比べれば全然そんなことはないのだけれど、過剰労働すぎるでしょうが。絶対手当貰《もら》うからな。

起き上がって顔を洗いに行くと、やはり疲労の残った顔をしていた。隈《くま》はないけど、眠気が残っているのが丸わかり。顔を洗い、寝癖のついた髪を櫛《くし》で簡単に梳《と》かして、横に掛けられていた魔法士の服へと着替える。朝食はいいや。食べる気分じゃない。

身だしなみを軽く整えた後、僕は下宿から出て王都の大通りを歩く。見える空は雲一つなく、普段は何の変哲もない店は派手な飾り付けで彩《いろど》られているのがわかった。皆、年に一度のこの祭りを楽しみにしていたのだろう。準備中の熱気もよく伝わったけど、今日はもっと凄《すご》いんだろうな。

まだ陽《ひ》が顔を出した頃だと言うのに、屋台で売る食べ物の仕込みをしている人や、飾り付けの風船を膨らませている者も見られた。気合が入ってますね。

朝から働く彼らの横を素通りしながら、僕は王宮を目指す。

今日の僕の任務はかなり大切なものだ。王女殿下を陰から守る。宮廷魔法士を実戦で使えるように教育しとけと思ったけど、こればっかりは何も言うまい。文句を言ったところで彼らが強くなるわけでもないし。僕がサポートすればいいだけの話なんだから――突然肩を強く叩《たた》かれた。

「相変わらず朝早いなお前は。毎日よく起きれるものだな」

「エルトさん……」

僕の肩を力いっぱいに叩いた――威力的にはもう殴ったに近い――人は、エルトさんだった。いつものように魔法ローブを着崩して、短い赤髪を逆立てている。

一瞬見ただけではいつもと変わらないけれど、至近距離で見つめていたら、なんとなくいつもと違うのがわかった。

「寝不足、みたいですね」

「あぁ。まぁ、毎年こんなもんだ」

目の下には大きな隈ができており、右目が若干充血していた。心なしか頬も痩せこけており、まだ若いだろうに十歳ほど歳《とし》を取ったように見える。毎年こんなことになってるのだろうか？　健康状態滅茶苦茶悪そうに見えるんだけれど。足元がふらついているし……飲み屋をはしごして道端に吐瀉物《としゃぶつ》を撒《ま》き散らしていた昨日の酔っ払いみたいだ。

心なしか、その酔っ払いはエルトさんに似ていたような？

「だ、大丈夫なんですか？」

「あ、あぁ……問題ねぇよ……昨日散々酒屋回ったからな。ただの二日酔いだ」

「やっぱりあれあんたか！」

昨日見た酔っ払い発見。五軒も回ってたらそりゃこうなるわ。え？　なんで知ってるかって？　そりゃ「これで五軒目達成だぜぇぇぇぇぇぇ――うッ――（自主規制）」ってやってたから。

ていうか大変な建国祭の前日になにやってるんだあんたは……街の警備があるだろうに。

「レイズも大人になればわかる……うッ」

「これから盛り上がる大通りをエルトさんの吐瀉物で汚さないでくださいよ……。もらい吐きしそうです。毎年ってそういうことですか。てっきり仕事をして寝不足なのかと」

「仕事も、してたわ……」

「あ、ちょっと近づかないで？」

だんだん寄りかかってくるエルトさんから距離をとる。酒臭いとかはないけれど、いつ胃の中のものをぶちまけるかわからない人の隣にいたくない。だから寄らないでってッ！

「ったく、朝早く来たかと思ったらこれですか」

「家にいたら……そのまま寝過ごしそうだったんでな」

「あぁ、徹夜したんですか？　本当に一回体調崩して痛い目見てくださいよ」

「お前……こんなに辛辣なキャラだったか？」

いやここまでだらしない大人を見れば毒の一つも吐きたくなりますよ。誰にでも優しいってわけじゃないんですから。

あぁ、すぐ目の前には王宮が見える。

さっさと自分の執務室に入って、この危険から抜け出したい……。


「ってあんたらもかいッ！」

執務室の共有スペースに顔を見せると、普段仕事はしっかりとしている大人なヘレンさんが顔を青白くさせながら、ソファに寝転がっていた。向かいのソファには、同じような顔をしているアリナさん。そして机の上には、十本はあるワインのボトルが。

「あー……おはよう、二人とも。今日もいい朝……ね」

「絶対そう思ってないですよね？　寧《むし》ろ人生で一番清々しくない朝って感じですよね？」

「レイズ……うるさい。吐くぞ……」

「頭痛くなるまで飲むのはやめましょうよ……それに、飲むなら普通今日でしょ？　なんで前日に飲んじゃったんですか？」

建国祭当日の今日、一番盛り上がる夜に飲むのならわかるし、羽目を外してしまっても大めにみることができる。だけど前日――しかも、警備の仕事が舞い込んでいる今日の前日に飲むとは何事か！

と思っていると、ヘレンさんは頭を押さえながら身体《からだ》を起こした。

「今日は、私達はオフなの……」

「え？　いや、警備の仕事があるって」

「なんか、突然なしになったの。代わりに、王家親衛隊の数人が担当するって……」

「親衛隊が？」

大丈夫、なのかな？　ただでさえ事件で人が減っているのに、任せてしまって。しかも副隊長不在ときている。隊長が居れば指揮は問題ないとしても、戦力的にかなり減ってしまっていると思うんだけど。

「仕事がなくなったから、飲み明かした……結果がこれ。例年は終わった後に飲んでるけど、今年はいいかって」

「そういうことですか」

二人が飲みすぎてしまった理由がわかった。そりゃ翌日が休日なら羽目を外すのも悪くはない――エルトさんは何を頷《うなず》いているんですか？　貴方《あなた》は毎年こんな感じだって言っていたじゃないですか。言い訳は通じませんよ。

睨《にら》んでいると、不意にアリナさんが僕の手を引いてきた。

「どうしたんですか？」

「――……だい」

「え？」

聞き返すと、今にも死にそうなほどの顔をしながら更に腕を引っ張られた。

「頭痛薬……頂戴」

「……頭痛薬じゃなくて、二日酔いに効く漢方を飲んでください。全員」

三人から助けを求められるような顔をされたら、流石《さすが》に放っておけない。がっくりと項《うな》垂《だ》れながら、僕は自分の執務室に保管してある薬箱に向かうのだった。

第十八話　お願い

「これは……」

着替えを済ませた私は、身に着けている服に唖然《あぜん》と声を漏らした。

「大変お似合いでございます」

「あ、ありがとう……じゃなくて」

素直に褒めてもらえるのは嬉《うれ》しいのだけど、そういうことではないの。

今、私が着ているのは普段の礼装用のドレスではなく、街の女性たちが着ていそうな軽装。身に着けている装飾品は精々、胸元のネックレスだけ。伊達《だて》眼鏡までかけさせられて、まるでお忍びで王都に出向くみたい。

正直、どれだけ高いドレスよりも、私はこちらのほうが断然好き。お父様やお母様がお許しにならないだろうけど。でも、どうしてこのような服装を――侍女が早々に部屋から出て行こうと、扉に手をかけた。

「では、私はこれで」

「あ、ちょっと――」

「あぁ、それと姫様。もう少しで代わりの者が参ります。姫様がその方と一緒にいる間、私共は何一つ関知いたしませんので」

「な、何を言っているの？　あ――」

私が言葉を言い終える前に、侍女は扉を閉めて退室してしまった。

ど、どういうこと？　まさか、この服装で民衆の前に立つ……いえ、そんなことはありえません。この格好も素敵だとは思うけど、その、他の貴族の方々から色々と言われてしまいそう。

一人になった自室で、私は今一度自分の服装を姿見でチェックする。

ふむ……とても素敵。動きやすさも、無駄に着飾らないシンプルな色も、私の好みによく合っている。正直、普段からこういった服装をしていたいくらい。

しばらく姿見を眺めていた時、ふと思った。

「……レイズ様は、どういった服装が好みなのでしょうか」

社交界では大抵煌《きら》びやかな衣装を着ていれば、お世辞とわかっているけど、賛美を送ってもらえる。貴族の方々は高級な身なりを好む方が多いから、場に相応《ふさわ》しい服装をということでそのような服を着ているけど、レイズ様はそういった服装が苦手だったり？

身分で差別するつもりなんて毛頭ないけど、彼は平民で、貴族が着ているような服はあまり見慣れていないと思う。となると、今私が着ているような服装が好みだったりする……のかな？　王都の女性たちが着ているような、一般的な服のほうが。

――煌びやかな服装も素敵ですけど、僕にはこちらのほうがより美しく見えます。

なんて、言われたりして！

考えるだけで頬が熱くなってくる。もしそんなことを言われたら、もう普段の服装に戻れなくなりそう……。

姿見の前から椅子に移動して、水差しの中に入っていた水をコップに注ぎ一口飲む。

この姿を一度、レイズ様に見てもらいたい。普段とは少し違う、私の姿を。

と、思ったとしても、それは叶《かな》わないのはわかってる。彼は宮廷魔法士で、建国祭の最《さ》中《なか》はとてつもなく忙しいはず。

だから、きっと会うことは――――窓がコンコンッとノックされる音が響いた。

思わず、え？　と音のした方向を見つめる。

ここは王宮の三階。ベランダがあるとはいえ、そこへ行くにはこの部屋を通ってからでないと降り立つことはできない。しかも、私が部屋にいるから警備は厳重。

「？　一体どなた――」

緊張しながらも窓に手をかけ、窓を押し開ける。外の新鮮で少し冷たい空気を肌で感じながら――予想外の人物を前に、思わず口元を両手で覆った。

「こんにちは、王女殿下」

驚いて戸惑っている私を前に、その人物はまだ幼さの残る声音で、そう言った。

普段の魔法士ローブ姿ではなく、ラフな私服姿。だけど、腰元にはいつも通り、綺麗《きれい》な一振りのレイピア。ここまで来る際に魔法を使用したのか、足元の柵には氷が張っており、更にここら一帯の空間には微小な氷が舞っているようで、陽光を反射してキラキラと輝いています。

まるでお伽噺《とぎばなし》の王子様が、お姫様を迎えに来たよう。

呆然《ぼうぜん》とその姿に見惚《みほ》れながら、私は彼の名を口にした。

「レイズ様……」

「はい。僕ですよ」

にっこりと微笑《ほほえ》みながら、レイズ様は私の傍《そば》にふわりと着地。

どうしてここに、という疑問を口にする前に、彼は私以上に頬を赤らめながら、それでいて意を決したような表情で、私に手を差し出した。

「突然で申し訳ありませんが、これから僕と――デートに興じていただけませんか？」

◇

数十分前。

「さて、夕方までどうするか……」

執務室のソファに座りながら、僕は何をするわけでもなく今後の予定を考えた。

僕の仕事――王女殿下の（陰からの）護衛は、夕方にならないと始まらない。その時間になると、王族の方々が専用の馬車に乗り、周囲に多くの護衛を引き連れて王都の主要な通りでパレードを行うのだ。王都の民たちへの顔見せとして。

その後、パレードを終えた彼らは再び王宮に戻られ、中央広場に集まった民衆に向かってお言葉を述べられる、とのこと。

つまり、最低でもパレードが始まらないことには王家――いや、王女殿下は王宮の私室から離れることはない。つまり、必然的に僕も暇になるのだ。

「だったらもっと眠りたいところだけど……」

手元に置かれた一枚の紙を手にとって、その文面を眺める。

そこに記されているのは、最近聞いた、王家親衛隊隊員と副隊長アルセナス＝クロージャーの不審な失踪事件について。可能な限り僕が聞いて回った情報を、書き記したものだ。

断片的な情報しか摑《つか》めてはいないが、どうにもきな臭い。嫌な予感がぷんぷんしてくる。

僕は比較的睡眠が少なくても行動できるほうではあるし、眠るよりはこれについて考えるほうが賢明だろう。眠いことに変わりはないんだけどね。

「失踪した隊員は七人。内一人は王家親衛隊副隊長を務めている、アルセナス＝クロージャー。隊長に次ぐ実力者であり、狡猾《こうかつ》かつ剣技において圧倒的な才能を持つ者である……これだけだとムカつくから、相当の王家第一主義の馬鹿とも記載しておこう」

わかったことだが、この事件、不審な点が多すぎる。

第一に、部屋が血塗《ちまみ》れになっているのにもかかわらず、証拠を隠滅することもなく、被害者をその場から持ち去るという行為。殺すことが目的なら放置するほうが手間がかからないし、誘拐ならば殺すことはないだろう。明らかに致死量を超えるほどの出血をさせる必要はない。

そしてもう一つ、副隊長を任せられ、かつ周囲から絶賛されるほどの男が、こうも簡単に倒されるものだろうか？　確かに僕は彼が気に喰《く》わないし、正直嫌いだけど、あの剣の腕だけは称賛している。一度しか交えていないとはいえ、あの人は強いと確信できる。

自室で眠っていたから？　それほどの強者《つわもの》ならば、微《かす》かに足音が聞こえた段階で目が覚めるだろうし、なによりも熟練の兵士の寝込みを襲うほど危険なことはない。目を覚ました瞬間、ブレーキの利《き》かない殺意を剝《む》き出しにして襲ってくるのだから。

とにかく、おかしな点が多すぎる。

考えられるのは、僕らが知らない未知の占有魔法の存在。もしくは……仲間内の争い、も考えられないことはないけれど、可能性は低そうだな。統率を乱すような者が入れるような部隊ではないし。

「もしくは……」

頭を過《よ》ぎるのは、あの精神支配の魔法が施された男。彼のように、誰か隊員の中に操作された者が存在していたのなら……この事件だけでは済まないはず。

と、深く思考を走らせていると、部屋の扉が控えめにノックされた。

まさか、吐瀉《としゃ》物の後処理か？

「はい」

「レイズ君、お客さんよ」

「お客さん？」

返ってきた声はヘレンさんのものだった。声からして、どうやら薬が大分効いているみたいだね。よかった。

でも、一体誰だろうか？　僕を訪ねてくるような人なんて……建国祭関係でまたお手伝いをしてくれってことなら断るんだけど。でも放置しておくわけにもいかないし、多分ヘレンさんが僕はいるってことを伝えてしまっているのだと思う。

仕方ない。面倒ではあるけれど、ちょっと仕事してきますか。

自室を出て、執務室の共有スペースを抜けて出入り口の扉を開ける。

と、そこにいたのは見知らぬメイド姿の女性だった。肩口で切り揃《そろ》えられた黒髪に、同色の瞳。重心のしっかりとしたスラッとした体軀《たいく》。油断も隙も一切見られない。

「………え？」

困惑。

関わりのない、まして会ったことのない人の突然の訪問があったならば、誰だってそうなると思う。

唖然と固まっていると、メイドさんは僕に向かってとても丁寧なお辞儀を。

「突然伺い、申し訳ございません。少し、お時間をいただけないでしょうか？」

「へ？　あ、あぁ、はい。特に用事はないので、大丈夫ですけど」

返すと、メイドさんは「こちらへ」と言いながら、どこかへ向かって歩き出した。

思わず用事はないって言ってしまったけど、もう遅いな。

まだまだ考察したいことは山ほどあったのだけれど、態々《わざわざ》来てくれたんだ。ちょっとだけ付き合ってあげることにしますか。

扉をゆっくりと閉め、僕はメイドさんの後に続いた。

◇

メイドさんの後に続いてやってきたのは、普段僕が入ることのない王宮本館の応接室だった。

豪奢《ごうしゃ》なソファと調度品が並べられ、平民出身の僕にはかなりの場違い感を覚えさせる。落ち着かない。

こういう時、村の近くにあった草原が恋しくなる。見渡す限りの自然と、息詰まることのない空気。寝転がった時、背中に感じる軟草の感触がなんとも……いや、いまはそれどころじゃない。目の前に差し出された珈琲《コーヒー》から視線を外し、正面に座るメイドさんへ。

「あの……」

「大変申し遅れました。私、リ……王女殿下の専属侍女を務めております、ベラ＝レイテイと申します」

驚愕《きょうがく》。

王女殿下の専属侍女だとは思っていなかった。いや、落ち着いた雰囲気や纏《まと》うオーラがただ者ではないとは思ったけど……。そんな御方《おかた》が僕の下に来られるなんて。

え、まさか。

「ぼ、僕は何か王女殿下にご無礼を働いてしまったのでしょうか……？」

「？　いえ、そのようなことは聞いておりませんが？」

「よかった……」

一先《ひとま》ず斬首刑は免《まぬか》れたみたいだ。王族の方に無礼を働く＝死だということは重々承知している。

それに、殿下とは最近お会いする機会があったから、まさかその時にと思ったけれど、どうも違うみたいだ。

姿勢を正して、メイドさん――ベラさんを見る。

「では、どういったご用件で？」

「……他言無用でお願い致します」

真剣な声音。

頷《うなず》くと彼女は話を続けた。

「単刀直入に。姫様がパレードに向かわれるまで、半日ほどの時間があります。その間、王家の方々はあらぬ危険に晒《さら》されぬよう、外出を禁じられており、並びに出入り口には警備の者が配置されています」

当然か。

それまでの間に王族に何かあってはならないし、一番安全な場所に隔離しておくのは理に適《かな》っている。襲撃者があったとしても護《まも》りやすいし、何よりそんな襲撃者が来るようなこともない。

「安全な場所に隔離するのに、問題が？」

「身の安全を保障するだけならば、私共も何も悩みません。ですが、最近の王女殿下は少し、いえ、色々と抱え込んでいるようなのです。私共としても、悩みを抱えた状態で王女殿下を民の前に送り出したくはないのです。どうにか、気分を晴らしていただきたい。そう思っている時、殿下が楽しそうに貴方《あなた》のことをお話しされていることを思い出しまして。相当の実力者であると伺っていますし、きっと成し遂げてくださると」

「……なんとなく理解しましたが」

こめかみに人差し指を当てて、何とも言えない笑みを浮かべる。

それって、そういうことだよね？

「つまり、ベラさんは王女殿下を、彼女の私室から連れ出してほしいということですか？」

「はい。そのまま姫様を連れて、王都のお祭りを楽しんでください」

実際にやることは簡単だ。

けど、事情を知っても疑問は残る。

「その、どうしてそこまで？　王女殿下の身の安全を考えれば、多少気分が曇っていても、部屋に待機しているほうがいいと思うのですが」

態々王女殿下を危険に晒す必要はない。そもそも王女殿下が僕のことを話していたとしても、そう簡単に信用していいものか。

けど、それも承知で、ベラさんは僕にそのお願いをしているということ。そこまでする理由は見当たらない。

それを問うと、ベラさんは悩まし気に目を伏せた。

「……専属侍女として、これ以上姫様が悩んでいる姿を見るのは、心苦しいのです。可能な限り何とかしてあげたい、解決の糸口を掴みたい。ですが、私共ではどうすることもできません。しかし、貴方なら、姫様の気持ちを楽にしてあげられると思ったからです」

「……危険に晒してまで、したいことですか？」

「その危険を避けるために、貴方にお願いすることにしたのです。何かあったとしても、実績もある貴方になら任せられる。どうか、聞き入れていただけないでしょうか？」

深々と頭を下げるベラさん。

主人のために、ここまで献身的になれる人はそうはいまい。

殿下は素晴らしいメイドさんを持ったものだ。こんなに主人のことを想《おも》い、尽くしてくれるなんて。アルセナス程ではないにしろ、ベラさんもかなり忠誠心が篤《あつ》いようだ。いや、アルセナスは異常なんだけどさ。

……これは、彼女の忠誠心に応えなければならないかな。

「わかりました。今から連れ出して祭りを楽しんで、パレードの前に戻ってくればいいんですね？」

「はい。姫様の代わりの者も準備済みでございます。背丈や体格のよく似た者が。お世話係も私ですので、入室できる者は私以外におりません」

「よ、用意周到ですね……」

その準備の良さ、最初から僕が引き受けることを前提に動いていましたね？　別にいいんですけど、僕が断る可能性とかもう少し考えたほうが良いと思うんです。

「それと可能であればなのですが、姫様を迎えに行く際はできるだけ格好良くお願いします」

「格好良く？」

「はい。お伽噺《とぎばなし》の王子様が登場するように、演出過多で」

にっこりと微笑《ほほえ》みながら僕に無茶ぶりを言うベラさん。

お伽噺の王子様って……何すればいいの？　白馬に乗っていくとか？　今から準備するのは無理ですよ？　え、無理でもなんとかしろ？　横暴すぎる——あー、はいはいわかりました。やりますよ。やればいいんでしょ？

諦めの境地に入りつつ、僕は大きな溜息《ためいき》を吐《つ》いた。

演出の件は臨機応変に対応するとして、丁度いいか。僕も出店している店に出向いて、少しばかり祭りを楽しもうと思っていたので。

「でも、これって言っちゃえばデート、ってことになるのかな」

同年代の女の子を連れ出して、二人で祭りデートに出向く。何処《どこ》の学生だろうか。

そんなことを考えた途端、緊張してきた。

やばい、女の子と二人で遊びに行ったことなんてないし、きちんとエスコートできるか不安になってきた。演出過多な登場からデートで大失敗、なんてことにならないようにしないと。失敗したら滅茶苦茶《めちゃくちゃ》恥ずかしくて、目も当てられない。今後王女殿下の顔が見られなくなるかもしれないなぁ。

今までで最難関の任務を目前に、僕は珈琲に口をつけ、ローブの乱れを正し、胸元に着けた薔薇《ばら》のブローチの向きを正した。

第十九話　建国祭を姫様と

依頼通り王女殿下を連れ出した僕は、彼女と連れ添って、王都東部に位置する大通りを歩いていた。非常に多くの屋台が立ち並び、建物の上からは王国の国旗が無数に吊《つ》るされ、動物を模《かたど》った風船なんかも浮かべられている。

道行く人もすごい数で、皆何かしらの食べ物を食べながら歩いている姿が目立つ。あんまりマナー的にはよくないけれど、今日ぐらいはいいのかな。

「こんな風になっていたんですね。祭り時の王都は」

「僕も初めて見ましたけど、凄《すご》いです。あれ？　ご覧になられたことが、一度も？」

「ないですよ。毎年この日は一日中私室で待機させられていましたから」

「それはなんとも……お気の毒です」

普通に酷《ひど》いな。確かにお身体《からだ》になにかあってはならないのはわかるけれど……こんなに楽しい祭りを眺めるだけで終わるなんて。

不意に殿下が笑う。

「大丈夫ですよ。だって、今年はこうしてレイズ様が私を攫《さら》ってくれたのですから……あの、それよりレイズ様？」

「はい？」

名前を呼ばれ、僕は返事をすると、王女殿下が困惑したように尋ねてきた。

「どうして、先程から私の方を見ないのですか？」

「……」

それには答えず、王女殿下と繋《つな》いだ手を引いて歩く。

どうして顔を見ないかって？

それは当然、さっきのベランダでの一幕を振り返って、羞恥心で顔を真っ赤に染めているからに決まってるでしょ！

仕方ないとは思ってる。あれはベラさんから強い要望があってのことだし、やらなくてはならないことだったんだ。短い時間で思考をフル回転させた結果、ああいう演出が格好いいんじゃないかって辿《たど》りついたんだ。

実行した結果、王女殿下の反応は概《おおむ》ね良かったと思う。

だけど、だからといって僕の恥ずかしさが消えるわけではないんだ。あんな気障《きざ》な台詞《せりふ》を吐いて、颯爽《さっそう》とお姫様抱っこで王女殿下を連れ出して……物語の主人公かよッ！　と思ってしまうことをしてしまったんだ。白昼堂々と。この件は僕にとって、一生忘れられない恥ずかしい思い出――黒歴史になることは間違いなしだった。

でも、流石《さすが》にずっとこのままっていうのはマズい。一度深呼吸して息を整え、王女殿下の方を振り返った。

「申し訳ありません。もう大丈夫です。あと、攫ったというのは人聞きが悪い……」

否定しようと思ったけど、否定できなかった。

言われてみれば、これは誘拐のようなものではないか？　本人が非常に嬉《うれ》しそうにしているからそんなこと微塵《みじん》も思わなかったのだけれど、立派な犯罪。やばい。バレたら斬首どころでは済まないかも……。

いや、よそう。ベラさんたちが裏で手を回してくれているし、きっと大丈夫だろう。

今は殿下を楽しませることに努めるとする。

「ところで、お嬢様はどこか行きたい場所はあるのですか？」

「うーん……正直、こうして祭り時の通りを散策できているだけで満足なのですが……。それと、中々慣れませんね、その呼び方」

「我慢してください。バレたら大変なんですからね」

今の殿下は王女ではなく、そこそこ大きい商会の一人娘、という設定。そのために目立たない服装をしてもらっているし、簡単な変装用眼鏡をかけてもらっている。呼び方も変

更。さらに、追加で無属性近距離中級魔法――認識阻害の魔法も常時発動。今の殿下は、周囲からは全く別の姿に見えているだろう。

無論、術者である僕にはいつもどおりの殿下に見えるけど。

僕も一人称を「私」とかにしようかと思ったけど、あまり慣れないことをし過ぎるとボロがでそうなのでやめておいた。

「それは仕方ないですよね。なにせ、見つかってしまったら、レイズ様がとんでもないことになってしまうのですから」

「そうです。なので、周りにバレないように楽しみましょう?」

「――ッ！　……はい」

手を差し出すと、殿下は何故《なぜ》か少しだけ頬を染めて摑《つか》んだ。

「如何《いかが》なさいましたか？」

「な、なんでもないですッ！　それより、何処へ行きますか？」

「うーん、そうですね……」

見回せば、そこかしこに屋台が出ている。色々と美味《おい》しそうな食べ物、ダーツ、はたまた風船を売っているところなど、本当に様々だ。僕も初めての建国祭なので、真新しいものばかりで楽しい。

だけど、行くところは結構限られてるかな。殿下が外出していたと思われるようなものは買うことができないし、怪我《けが》をしそうなことも。

うーん、となると——殿下の手を引いて、手近にあった屋台の店主に声をかける。

「すみませーん。串焼きのタレを二つ」

「あいよっ！」

店主は気前よく返事を返し、熱々の串焼きを二本手渡してくれた。肉には香ばしい焦げ目と、食欲をそそる濃厚なタレが。祭りの屋台と言えばこういう買い食いが一番の醍醐味《だいごみ》だと思うんだ。

「熱いから気をつけてなッ！」

「ありがとうございまーす」

代金を手渡し、僕は二本の串焼きのうち一本を殿下へと差し出す。殿下は困惑した様子で手にとり、首を傾《かし》げた。

「あの……？」

「多分、こういう食べ物は食べられたことないですよね？　普段のお食事では絶対に出てこないと思いますし、この機に庶民の味を堪能《たんのう》するのもいいかと思いまして。美味しいですよ？」

まだ食べてないけど。

店主の言っていたとおり、本当に熱い。焼いたばかりだから当然なんだけど。ふーっと息を何度か吹きかけて冷まし、一口。肉の食感とタレの甘じょっぱい味が口いっぱいに広がり、とても美味しい。それと、何だか懐《なつ》かしい。故郷にいた頃は森の動物やら魔獣を狩って、塩やタレで味付けをした肉をよく食べていたものだ。

僕の食べ方を真似《まね》して、殿下も一口。

「……んぐ、とっても美味しいです！」

「それはよかった。あぁ、ゆっくり食べてくださいね？　喉に詰まらせてはいけませんから」

「は、はい」

ここに留《とど》まっていても迷惑になるだろうから、僕らは食べながら歩くことに。周りの人もやっているから別にいいでしょう。こういう考え方はよくないんだけど――おっと。

「お嬢様」

「？　なんで――」

こちらを向いた殿下に手を伸ばし、口元に付着したタレを指先で拭い、ぺろりと舐《な》める。

「え――」

「口元についていましたよ。慌てて食べると、こういうことになりますからね？　食べ慣れていないので、仕方ないとは思いますが」

「な、あ、ありが、とう……ございます」

殿下は顔を真っ赤にして、俯《うつむ》き、お礼の言葉を述べた。うん、しっかりそういうことが言えるのは素晴らしいことだ。

……ちょっと恥ずかしいけど。やっぱり妹にやるのとは全然違う。けど、表には出さない。意地でもね。

「いえいえ。お嬢様は庶民の食べ物が大変お気に召したようなので、この後は食べ物巡りでもしますか？」

「そ、それでは私が食いしん坊みたいになるではないですかッ！」

「よろしいのでは？　食いしん坊は別に悪いことではありませんし、僕から見て、お嬢様は少し線が細すぎるように見えます。ちゃんと食べられていますか？」

「ほ、ほどほどに……その、食べすぎると無駄なお肉が……」

「美意識が高いのは素晴らしいことです。が、それで不健康な身体になるのはよくない。今日くらい食べましょう」

「……それって、レイズ様がお食べになりたいだけなのでは？」

「…………………行きましょう」

「なんですか今の長い間は‼」

はぐれないように手を繋いで足早に進む。

確かに僕は屋台の物を食べたくて仕方ない。ここ数日ろくに食事もせずに仕事をしてきたのだから、この機会に栄養補給をしようと画策している。今日くらい、いいでしょう。だって頑張ったんだから。

あ、フルーツジュースだ。二つください。

「もう、食いしん坊なんですから」

そんな僕を見て、殿下は苦笑を漏らしながらも楽しそう。このフルーツジュースも中々に美味しい。程よい酸味と甘みがなんともいえない絶妙な味を醸《かも》し出している。

「これはお肌に良さそうですね。これに使われているブランの実には美容効果がありますから」

「そうなのですか？　美味しくて美容にいいなんて、素晴らしいフルーツですね」

「そうです――ッ」

不意に感じた気配に、後方の路地へ視線を向ける。敵か？　いや、殿下の姿がバレてしまったということはありえないだろうし……となると、僕を狙って？　先日の男に代わる、新たな刺客を送ってきたのか？

「？　どうかされましたか？」

「いえ、何でもありません。行きましょうか。まだまだ時間はありますから、お嬢様のお気に召す食べ物がまだまだあると思いますよ？」

「だ、だから、食べ物ばかり言わないでください！」

こうして一緒にいると、王女殿下はとても楽しそうだ。

あらぬ心配をさせるわけにはいかない。

嫌な予感を押し隠しながら、僕は殿下とともに祭りへと意識を戻した。

◇

「気付かれたか……」

お祭りムードの大通りとは打って変わって、薄暗い無人の路地。そこに、フードを被《かぶ》った長身でスラリとした体軀《たいく》の一人の男の姿。

「気配の隠蔽はしていたはずだが……奴《やつ》の感知能力のほうが上だったようだな」

呟《つぶや》き、男は暗闇の路地の奥へと消えていく。

その様子を見ている者は、誰もいなかった。

第二十話　お悩み相談

その後、僕らは通りの屋台で売られている食べ物を堪能しながら祭りを楽しみ、休憩がてら個室のある喫茶店に入っていた。

木を基調とした店内には落ち着いた音楽が流れており、木材独特の自然な香りがとても心地よい。普段はお客も多くいるのだろうけど、今日は皆祭りのほうに出向いてしまっているためか、お客は少なかった。あまり目立ちたくない僕としては都合がいい。

「楽しめていますか？」

卓上に置かれた紅茶の入ったカップに手を伸ばしながら、正面に座る殿下へと尋ねる。

個室なので人に見られる心配はないのだが、念の為《ため》認識阻害は発動したまま。用心はするに越したことはないからね。

「はい。こうして伸び伸びと自分の好きなように行動して、食べたいものを食べて……とっても楽しいです」

「それはなによりです。僕も、お嬢様とこうして祭りを楽しむことができて、とても嬉しいですよ」

「ふふ。それはなにより♪」

僕の言葉を真似したのかな？　笑顔がまた綺麗《きれい》だ。

普段からその美貌は王宮内で耳にしているけれど、目の前で笑顔を見せられると破壊力が半端《はんぱ》じゃない。だけど、ここで鼻の下を伸ばすようなことは絶対にしない。だらしない男に見られたくはないからな。

「それにしても、お迎えに上がった際、その服装を見た時は少々驚いてしまいました」

「に、似合わないですか……？」

不安そうにサーッと顔を白くする殿下。僕は笑って、本音を口に。

「大丈夫です。大変お似合いですよ。普段お召しになられているドレスも美しいですが、町娘のお姿も、非常に魅力的です」

「ほ、本当ですか？」

「ええ。寧《むし》ろ、今のほうが僕好みではありますね。平民階級ですので、上流階級の方々の服装を見慣れていないというのもありますが」

「い、今のほうが……」

身に纏《まと》う町娘の服装を見下ろし、何かブツブツと小声で呟いている。

まぁ、今後は二度と着る機会はないだろうから、今の内に普段と違う服装を堪能しておきたいのだろう。珍しいことをしたがるのは上流階級の方々の習性とも言える。

それと、僕が殿下に申し上げたことは事実だ。平民階級の僕に貴族の方々の服装は、少々気圧《けお》されてしまう。一級品の布地に、数多くの装飾品。光を反射するそれらは平民との身分の差をありありと感じさせるため、僕は非常に苦手なのだ。

やっぱり、変な飾りっ気のない極々普通の服装が一番。沢山の宝石もいらない。僕が好きなのは宝石よりも綺麗な心です。おっと鳥肌が。

「さて、殿下」

「——はい」

呼称を戻したことで、他愛ない雑談ではないことを察していただいたようで、殿下は背筋を正して僕に向き直った。

「匿名——といっても大体お察しはつくとは思いますが、とある方から貴女《あなた》についてご相談を受けました。近頃非常に悩んでおられるようだ、と」

「……………」

殿下は下を向いて黙り込んでしまった。どうやら、心当たりがあるようで。

「答えたくないようでしたら、それでも構いません。女性の隠し事に無闇に首を突っ込むほど常識がないわけではありませんからね。ですが、誰かに相談すれば、心が軽くなることもあるものですよ？」

語りかけるように、優しく囁《ささや》く。決して威圧しないように、また、強制的に話をさせる感じではなく、あくまで殿下自ら僕に悩みを打ち明けてもらう。そのスタンスを崩さないように。

殿下は一瞬口を開きかけ、再び閉じる。

迷っているようだ。

正直に話すべきか、このまま隠し通すべきか。頭の中で葛藤し、中々決断できずにいる。

その気持ちは、よくわかります。焦《あせ》る必要はないですよ？　僕は貴女が答えを出すまで、ずっと待っていますから。

「……先日から」

ぼそりと、呟きのように小さな声で殿下は語り始める。

どうやら、話してくださるようだ。

「先日から、親衛隊の方々の様子が、少し変なんです」

「変、とは？」

「何だか……こういうのは失礼ではあると思うのですが、人間味がない、とでも言えばいいのでしょうか？　肌がとても白かったり、口数が異常に少なかったり、話しても言葉のトーンがずっと同じというか……まるで、人ではない道具と話しているみたいなんです」

「道具……」

脳裏を過《よ》ぎったのは、先日襲撃してきた男。凄腕《すごうで》と言っても過言ではない身のこなしと戦闘技術。そして、相対した際に垣間見《かいまみ》た、何の感情も映し出していない表情。

記憶に残る男に言えることは、殿下が親衛隊の隊員に言ったことと同じ感想だ。人間ではない、道具のよう。

いや、あの男の場合既に精神支配の魔法を施されていたため、誰か他の者の道具と成り果てていたことに変わりはないけど――待てよ？

「……道具？」

「？　どうかなさいましたか？」

殿下が問いかけてくるけれど、答えることなく思考を走らせる。

殿下は言った。まるで道具のようだ、と。僕が相対したあの男は、精神支配の魔法をかけられ道具そのものと化していた。あの男の状況が、殿下を守っている親衛隊たちにも当てはまるとするならば……。

「殿下」

「？　はい」

「夕方から、貴女はパレードに向かわれると思います。その時、貴女から最も近い護衛は、親衛隊の方々ですか？」

「い、いえ……確か、親衛隊の方ではなかったと。一番近いのは、宮廷魔法士の方々です。親衛隊の方々は、その周囲を囲んで護衛してくださると伺っています」

僕の有無を言わさない迫力に、殿下は若干たじろぎながら答える。

ということは、彼女の近辺を護衛するのは話に聞いていた魔法士か。王族の護衛のため、それなりの腕が見込まれているのだろうが、不安は残る。

「いいですか殿下。貴女が感じた不安は、絶対に心の片隅に留《とど》めておいてください。貴女が危険に晒《さら》されることだけはあってはならない。ですが、信用できない誰かに相談することも良くないです。貴女が何かに勘付いていると知られれば、更に危険が増す可能性がある。あくまでも、貴女一人の胸の内にしまっておいてください」

「は、はい」

「それと、その不安を表には出さないでください。誰かに妙な勘ぐりをされてしまう可能性があります。できる限り平常心で、いつもどおりに振る舞うように努めてください。大丈夫。パレード中は見えないかもしれませんが、貴女のことは僕が護ります」

立ち上がって殿下の手を取り、その美しい瞳を見つめて告げる。と、殿下は顔を徐々に真っ赤に染め上げ、俯《うつむ》いてしまった。

「は、はい……よろしく、お願いします」

「お任せください。遠距離からの護衛は、僕の専売特許ですからね」

自信ありげに言うと、殿下はハッと顔を上げ、口元を綻ばせて笑った。

どうやら、少しは不安を払拭《ふっしょく》できたようだ。

さて、僕の仕事はこのあとが本番。何があろうと、殿下を陰からお護りしなくてはならない。

親衛隊や魔獣のことなど、不安因子は多いが、やるしかない。

密《ひそ》かに闘志を燃やし、僕は殿下に微笑《ほほえ》みを返したのだった。

第二十一話　繋《つな》がった疑念

そして、時は流れ。

「──今のところですが、怪しい気配はありません。パレードは順調に進行中です」

『──了解。くれぐれも、周囲の建物や人に危害のないようにお願いね？　このところ物騒な事件や、きな臭い出来事が非常に多いわ。不審な者が行動を起こしたら──』

「行動を起こす前に暗殺・秘密裏に処理します。どれだけ遠くに逃げたとしても、僕の射程距離からは逃れられません」

『その意気よ。頼んだわ、我らがスナイパー君』

「了解」

ブッ、と通信が切断される音が響いた。即座に通信石を耳から外し、ローブの胸元へと収納する。

現在は陽《ひ》も沈みかけた夕方。

西の空が幻想的な茜色《あかねいろ》に染まり、数羽《わ》の鳥が陽に向かって飛ぶ姿が見えた。

あの後、誰にもバレることなく殿下を彼女の私室へと送り届けた僕は、すぐさま執務室に戻り、与えられた護衛の任務に向けて準備を整えた。

今の僕は、魔法士の紋章が背中に刺繍《ししゅう》された真っ黒なローブ。腰元には帯刀したレイピア。足音を消す魔法が付与された特別なブーツ。

という、完全な戦闘仕様を身に着け、殿下がお乗りになられている馬車を遠くから見守り、不審な者がいないか、また親衛隊の者たちが不審な行動を取らないかを監視している。

既に不可視化を発動しているため、姿は誰からも見られない。これだけ聞くと、僕が殿下を狙う暗殺者みたいだな。無論、現実は彼女を護る正義の騎士の方ですがね。

「しかし、凄《すご》い盛り上がりようだなぁ」

遠くから馬車を取り囲む大勢の騎士や魔法士たちを見やり、その周りから歓声を送る民衆の姿を確認する。

とてつもない熱狂だ。

滅多にお目にかかれない王族——その中でも特に人気の高い王女殿下のお姿を目《ま》の当たりにしているのだ。無理もないのだろう。

しかも、その王女殿下は今、正装である水色を基調としたドレスを身に纏っている。

先程の町娘の服装もとても可愛《かわい》らしかったけれど、着飾った殿下は元の美しさがより一層引き立てられ、目にした者全ての心を奪うほどの魅力に溢《あふ》れていた。

まるで、何時間でも見ることができてしまいそうな、美しい彫刻品のよう。

僕も気を抜けば見惚《みほ》れてしまいそうだった。が、何とか堪《こら》える。王女殿下に見惚れていて護衛に失敗しました、なんてことはあってはならないのだ。

それに、今はただでさえ危険因子が散乱しているような状況。気を引き締めねば。

一旦不可視化を解除し、視覚強化を発動する。距離が離れていたために見ることができなかった、護衛の者たちの細かな表情や動作が見える。

一人一人の瞬《まばた》きの瞬間や、ピクリと動く首筋の血管。目線の方角など、あらゆる細かい情報を見ることができた。

「……確かに、妙だな」

僕は殿下の近くを護衛している魔法士から、殿下から聞いていた様子のおかしい親衛隊の隊員たちへと視線を向ける。

腰元にぶら下がった騎士の剣が揺れ、皺《しわ》一つない制服は騎士としての威厳に溢れている。

だが、それらを身に着けている騎士の顔は何処《どこ》か虚《うつ》ろで、視線は何処を向いているのか判別できない。僅かに覗《のぞ》く肌も異様に白く、青い血管はぴくりとも動いていないように見える。

明らかに異様な光景だ。

僕から見ると、騎士の方々には大変失礼かもしれないのだが、ゾンビ兵のように見える。彼らからは、まるで生気を感じることができない。言うなれば、すでに死んでいるようだ──っと。

視覚強化を解除し、視線を左斜め前方の民家へと向ける。

正確には、民家の屋根の上でジッと王女殿下を見つめている、四《よ》つん這《ば》いで進んでいる気味の悪い人影を。

黒い大きな布切れを被《かぶ》ったその人影は身体《からだ》に魔力を纏《まと》っており、まるで獣のように口を大きく開けて涎《よだれ》を垂らし、馬車に乗る殿下を食い殺さんばかりの視線で射貫《いぬ》いていた。

「──蒼電刃《そうでんじん》」

帯刀していたレイピアを一息に抜き放つ──と同時に、刃《やいば》から蒼《あお》い雷が迸《ほとばし》り、空気が弾《はじ》ける音を一瞬響かせて対象の人影に向かう。

音に気がついたのか、人影がこちらに顔を向け、赤い目を僕へ。

だが、遅い。

放った雷は既に到達し、頭頂部から身体を真っ二つに両断する。高熱を含んだ雷は肉を焼き、残骸は出血することすらなく屋根の上へと転がる。

完全な絶命を確認し、納刀。

風属性遠距離上級魔法――蒼電刃。

レイピアより迸る蒼い雷が対象へ飛翔《ひしょう》し、斬撃となって焼き切る魔法だ。

すぐに殿下の方へと視線を向けるが、特に害はないようだ。今も笑顔を振りまき、優雅に民衆へと手を振られている。とてもお美しいです。

麗《うるわ》しい殿下から小汚く醜い四足歩行の焼死体へと視線を戻す。黒く焦げた肉から煙が立ち上り、気持ちの悪い焼き肉が出来上がっていた。

少し確認しようとその場から跳躍――する直前、死体が被っていた大きな黒い布切れが風で飛ばされ、大きな衝撃を受けた。

「あれは――ッ！」

目を見開き、呼吸をすることを忘れて死体と殿下を護衛している騎士を交互に見る。

死体が身に着けていたのは、王家親衛隊の隊員が着用する赤と白の制服。そして、両断された身体から垂れた心臓には、以前にも見た精神支配の魔法式が明滅し、数秒後に消滅した。

疑念が確信に変わった瞬間、僕は――。

第二十二話　変貌した騎士

パレードが始まってから、小一時間程が経過した。

特に問題もなく公務を終えた私は、王宮の正面玄関前で止まった馬車の中で一息ついていた。

とてつもない熱狂と、民の声援を間近で感じ、少し気分が高揚しているよう。心臓がとくん、といつもより激しく鼓動しているのがわかる。普段はあまり外に出ることができないので知らなかったけれど、これほどまでに王都の人々が活気溢れていたなんて。

手を振る人、笛を鳴らす人、私の名を書いたプラカードを掲げた人。大通りの端にならんだ様々な人々は、見ているだけで心地よかった。民が楽しく毎日を過ごしている。それだけで、私は胸がいっぱいになる。

上から見下ろすというのは、正直抵抗があったけど。できれば同じ目線で、彼らの前に立ちたかった。それは叶《かな》わないとわかっているけど。

パレードのことを思い返していると、不意に馬車の扉が開け放たれた。

「王女殿下。パレード、お疲れ様でした」

扉を開けたのは、私の護衛をしてくださっていた騎士の一人。

歩き続けるのは大変なのに、皆さん一切疲れをみせることなく私の護衛をしてくださって、感謝しかありません。

籠の中から降りながら、お礼を述べる。

「ありがとうございます。ですが、労《いたわ》られるのは護衛の貴方《あなた》たちですよ。私は馬車に乗って民衆に手を振っていただけです。他の方々は、馬車を護《まも》り、王都の長い通りを歩いてらっしゃったのですから」

「いえ、我々騎士は王家の方々をお護りするのが命。貴女様《あなたさま》がご無事であれば、何よりでございます」

「……ええ、ありがとう」

滑らかな動作で頭を下げる騎士様。ここは純粋にありがとう、と言わなければならないのでしょうけれど……なんだろう、この心がざわつく嫌な感じは……。

「王女殿下。お言葉を述べられるまで、まだお時間がございます。民の間別室にて、お休みになられては如何《いかが》でしょうか？」

「え？」

何を言っているのか、と一瞬耳を疑った。

民の間、というのは、王宮内に存在している中央広場を一望できる大きなベランダのこと。そこは代々王が王都の民に言葉を投げかける際に使用されている伝統ある場所。その隣には、控室のような休憩できるスペースがあるのは知っている。だけど……。

「あの、私はいつも私室で休んでいますので、そちらに向かおうかと……」

「いえ、別室にてお休みください。護衛の関係上、そうしてもらわなくてはなりません」

「そんなことは聞いて――ッ」

「従ってください」

感情の籠もっていない声で言いながら、騎士は腰の剣をゆっくりと引き抜いていた。キラリと光る白刃《はくじん》。鋭利なそれは研がれたばかりのようで、軽く触れただけでも、人の身体など簡単に切り裂いてしまいそうな程。

絶句し、思わず周りを見渡すと、他の騎士も同様に抜刀し、私に向けて切っ先を突きつけている。近くには、私の護衛を担当する予定だった魔法士の方々が血を流して倒れていた。

嫌な予感が的中した瞬間、恐怖に身が震える。

「な、にを――」

「さぁ、殿下。こちらへ」

ジリジリと寄ってくる彼らから後ずさりながら、私は震える手を自身の胸へと押し当てる。

けれど、逃げ道はない。ドンッと馬車の籠に背がぶつかる。

この状況、絶体絶命。助けに来てくれる人は周りに見えない。

そして、私一人に、この状況を打開する術《すべ》は――手首を掴《つか》まれ、力強く引っ張られました。思わずその場に倒れ込み、痛みの走った膝に手を。血が滲《にじ》んだ患部を気にする間もなく、私は地を引きずられていく。

「何処に、連れていくのですか？」

「……」

返ってきたのは沈黙。本当に感情がない人形のように、淡々と私を引きずっていく。

腕に力を込めて振り払おうとするも、鍛えてもいない私の腕力では振り払うことができない。

引きずられる私に連れ添うように、周りの騎士たちも同じ方向に歩いていく。当然のように、白刃の剣を抜き放ったまま。

このまま、私は殺されてしまうのか。

その考えが頭を過《よ》ぎったけど、為《な》す術は、ない。

この場を切り抜けることができるような魔法を、私は使うことができない。

やがて私は、抵抗することすら諦め、身体の力を抜いた。

あぁ、私の人生はここまで。思い返してみれば、王宮からほとんど出ることもなく、つまらない日々だった。もっと普通の女の子のように、自由に外に出て、遊びまわって、恋をして……そんな生活を送ってみたかった。

でも、そんな夢を見ることも、もうできない。

その事実に目頭が熱くなり、溢《あふ》れ出た涙が石畳の上に落ちた――その瞬間。

「殿下から手を離せ」

その言葉が聞こえたと同時に、上空から無数の何かが、私たちに向かって降り注ぐ。

あれは……氷の、蝶《ちょう》？

舞い降りた無数の氷の蝶は私の視界を埋め尽くし、その異様な光景に警戒した騎士たちが足を止める。身体を起こして人差し指を前に出すと、氷で模《かたど》られた蝶が留まった。氷ゆえに、とても冷たい。

宙を乱舞するこの蝶たちは視界を覆い尽くしても尚《なお》、空から降り続け、月光を乱反射させながら、この空間を満たしていく。数が増えるに比例して気温も下がっていき、息を吐けば濃く白い息がはっきりと見える程。

なんて幻想的な光景。

命の危機に瀕《ひん》していたことも忘れて、視界に広がる光景に見入っていた時、先程聞こえた声が再び耳に。

「氷結露《ひょうけつろ》──氷雪揚羽《ひょうせつあげは》・乱《らん》ッ！」

ぶわっ！　と氷の蝶たちが一斉に四方八方へと流れ行き、私を囲んでいた騎士を大きく吹き飛ばす。当然、その渦中《かちゅう》にいた私も後方に大きく飛ばされ──身体がふわりと優しく抱きすくめられ、次いで優しい声音が聞こえた。

「申し訳ありません、殿下。遅くなりました」

私の目の前には、藍色の髪と、同色の瞳をした美形の少年。周囲を舞う氷の蝶を背に細められた目は、心配そうに私を見つめていました。

いつも私の心に居て、ずっと待ち焦がれていた彼は──。

「レイズ様……」

「はい。怖い思いをしましたね。ですが、もう大丈夫ですよ。これからは僕が──いえ、僕らが貴女をお護り致します」

第二十三話　僕らの部署

僕は殿下を抱き抱えながら、たった今殿下を連れ去ろうとしていた騎士の男を睨《にら》み付けた。水属性近距離初級魔法――氷雪揚羽に吹き飛ばされた彼らは、次々と立ち上がり、僕を睨み付けて来る。やっぱり、予想は的中していたみたいだ。

「王家を守る騎士ともあろう方々が、あっさりとやられてしまうなんて情けない話ですね。それとも、貴方たちが弱すぎるだけですか？」

「………」

威圧して言うが、僕らを囲う騎士たちは何も答えない。いや、答えるように命令を下されていないのかもしれないな。大方、命令されているのは王女殿下とのやりとりだけだと推測。

殿下の手首を掴んでいた青白い手は、腕の付け根まで氷で覆われ、もはや自由に動かすことができなくなっている。肌を直接凍り付かせたのだから、凍傷になり、灼熱《しゃくねつ》感や痛みを伴うはず。けれど、男のほうも全く痛がっている様子がない。濃密な魔力で形成された特別な氷で、通常の氷の数倍は冷たいはずなんだけど。

つまりは……そういうことなのだろう。

「殿下。お怪我《けが》はございませんか？　先程、足を打ち付けているように見えましたが……殿下？」

「——ッ、は、はい。その、少し擦りむいてしまった程度で、も、問題はない、です」

それを聞いて、ホッとした。

もしも叩《たた》きつけられた衝撃で骨でも砕けていたら大変だ。

若干殿下がしどろもどろになっているところが気になるけれど、恐怖心が抜けきっていないからだろう。彼女は戦闘の経験など皆無の、普通の女の子なのだから。

殿下から視線を外し、僕らを取り囲んでいる騎士たちを見回す。生気の感じられない不気味な表情が僕ら——いや、正確には腕の中にいる殿下を見つめて、こちらに寄ってくる。

ここは、一旦離脱するのが得策だろうな。

「殿下。時間がないので簡単にご説明を致します」

「は、はい」

「貴女の感じた違和感は大当たりでした。彼らは既に正気は……いえ、既に命はなく、術者が彼らの心臓に刻み込んだ精神支配の魔法に従って行動する、言うなればゾンビ兵となっています」

「そ、それは……」

「はい。数日前から度々話題に上っていた親衛隊の失踪事件の真相です。推測ですが、何者かが親衛隊の宿舎に忍び込み、寝込みを襲撃。殺害した彼らの肉体に精神を支配する魔法を刻み込んで、ゾンビ兵を作り上げた。流れ出る血が異様に少ないのは、殺害された時にほとんどの血が失われたからでしょう。明らかに、事前に聞いていた人数を超えていますが……。全く関係のないゾンビ化した人に、スペアの制服を着せたという可能性もありますけど……」

よく見れば、首元には精神支配の魔法式が隠れている。肌の下に刻んであるようで、本当によく見ないと視認することもできない。きっと、彼らの心臓にも刻まれているだろう。

殿下は無言で下唇を噛《か》み、悔しそうに拳を震わせる。

その気持ちは、僕もすごく理解できます。国や人を守る名誉ある騎士にこんな酷《ひど》いことをするなんて……吐き気がする。

だが、既に助けることはできない。ならばせめて、あの世に行けるよう、再び死なせてあげることが、僕らができるせめてもの弔いだ。

だけどここで一つ、問題が。

「ここで倒したいところなんですが……多分負けますすね」

「へ？」

きょとんとした表情の殿下。大変可愛《かわい》らしいですが、今は見惚《みほ》れている場合ではないので反応はしません。

「実は、僕は近距離での戦闘が非常に苦手でして……僕らを囲んでいるのは、死んでいるとはいえ実力を認められて親衛隊になった強者《つわもの》。恐らく、真正面から戦えば負けます。さっきは不意打ちだったので、氷の蝶で吹き飛ばすこともできましたが」

遠距離から全員撃ち殺すのもよかったんだけど、それをしていると殿下が先に殺されてしまいそうだったので、飛んできてしまった。

「で、では、どうするのですかッ⁉」

殿下が叫ばれたのと同時に、騎士の一人が剣を振りかぶって襲いかかってきた。洗練された動き。身体《からだ》の筋肉の使い方をよく理解している。やはり、戦闘技術はそのまま継承されるようだ。

僕の首を斬り飛ばさんと迫りくる剣へと視線を向け、フッと笑う。

その瞬間――とてつもない熱を発する炎の龍《りゅう》が、僕に迫っていた騎士を剣もろとも焼き払った。

「言っていませんでしたか？　ここからは、僕らが貴女《あなた》をお護《まも》りしますと」

石畳が踏み鳴らされる音。

人数は、二人。

「何を余裕ぶって突っ立ってるんだ？　俺が防がなかったら死んでたぜ？」

「危機感がない」

緊張感のない余裕のある声。

そちらを振り向き、苦笑を漏らす。

「お疲れ様です。二日酔いはもう治りましたか？」

「あぁ、もうすっかり治った」

「あの漢方凄《すご》かった。取り扱っている店を後で教えて」

「はいはい。掃除してからですよ？」

お喋《しゃべ》りしながらも僕は騎士のいない二人の後ろへと歩き、二人は入れ違いで騎士たちのいる方へと向かう。

近距離戦は、あの二人の超得意分野。ここは任せる。

「じゃあ、後はよろしくお願いします、僕は殿下を安全なところまでお連れしますので。

くれぐれも──負けないでくださいよ？」

　僕が挑発するように言うと、エルトさんは炎の龍を虚空《こくう》より顕現させ、アリナさんは石畳を突き抜けて生えた植物の虎を生み出した。

　そして、好戦的な笑みとともに、僕をちらりと見る。おおぅ、やる気は満々のようだ。

「負けるかよ。こんなゾンビ共に」

「五分もいらない」

「……流石《さすが》です」

　頼もしいことだ。

　今朝のだらしない二日酔いの姿が嘘《うそ》に見える。普段からこんなに格好良ければ、もう少し尊敬の念を抱くんだけどなぁ……。

　ともあれ、彼らが時間を稼いでくれるのなら上等。何も心配はいらない。

　殿下を抱えたまま、身体強化の魔法を発動。民家の壁から壁へと移動し、屋根の上へと着地。再び足に力を込め、高い足音を立てながら月下の瓦を踏み、駆け抜ける。

「しばらく我慢してくださいね？　すぐに安全な場所に送り届けますから」

「は、はい……その、ずっと、このままでも私は……」

「え？」

「な、なんでもありません！」

言って、殿下は両手を胸の前に添えたまま、黙り込んでしまった。

男にお姫様抱っこ（事実）をされて、緊張しているのかもしれない。はは、僕もこうやって抱きかかえるのは貴女が初めてですよ（笑）。視線を下へ向けると、路地裏に親衛隊の制服を着た騎士の姿。表情は虚《うつ》ろで、何処《どこ》かを目指しているように見える。まぁ、何処を目指しているのかはわかるけれど……行かせません。

「――死針雷《ししんらい》」

以前にも使用した魔法――死針雷。

小さな雷が騎士の心臓部を正確に打ち抜き、騎士は地に倒れ伏した。更に周囲を探知するが、ゾンビ兵は見つけられない。もしかしたら、街のいたるところに分散して配置されているのかもしれない。いるとなれば、非常に処理が面倒になる。……何も僕たちだけが王家の方を護るわけではないな。他にも騎士団や宮廷魔法士は街の警備に駆り出されているだろうし、彼らもなんとかしてくれるだろう。

通信石を取り出し、魔力を流して耳元へ。すると、すぐに声が聞こえた。

『――はい。ヘレンよ』

「レイズです。無事にエルトさんとアリナさんと合流して、王女殿下の救出ができました」

『うん、了解したわ。それと、一つ情報が入ってきたわ』

「？　なんですか？」

通信の相手――ヘレンさんが真剣な声音で告げる。

『以前貴方《あなた》とアリナちゃんが回収してくれた魔獣の魔石なんだけれど、内部に妙な魔法式が描かれていたらしいわ』

「魔法式……ですか」

『ええ。そして、それは先日襲撃してきたという男の心臓にも刻まれていたという話よ。研究室の子が解析結果を教えてくれたの』

「………色々と見えてきましたが、今はおいておきましょうか。まずは、王女殿下の安全が第一です」

『ええ。あ、それと、ゾンビ化した親衛隊の者たちについては心配しなくて大丈夫よ。騎士団が協力してくれるそうだから。貴方は一先《ひとま》ず、騎士団の駐屯所を目指しなさい。そこなら、一先ずの安全は確保できる。私もすぐに向かうから、そこで落ち合いましょう』

「わかりました。では、後ほど」

通信を切断し、石をローブへとしまう。

あの四足歩行の死体を確認した直後、僕はヘレンさんに連絡を取り、今後の方針を一分ほどで決めていた。アリナさんとエルトさんが颯爽《さっそう》と助太刀してくれたのも、事前の連絡が行き届いていたからだ。やはり、報告・連絡・相談は大切だね。

「あ、あの、レイズ様……」

「？　はい」

殿下が恐る恐るといった様子で僕の顔を見て、問うてきた。

「先程の方々は、レイズ様が所属している部署の方、なのですよね？」

「はい。そうですよ」

突然なんだ？

確かに二人は僕の先輩。だからこそ、あそこまで気さくに会話をすることができるのだ。関わりがなかったら、あんな化け物たちと会話することなんてできないよ。

「……あの、圧倒的な魔力と精密な操作。人数の不利をものともしない実力と精神力を持たれている……それって――」

「で、殿下？」

「レイズ様」

僕の腕から下り、殿下は服の乱れを気にすることなく、真正面から僕の目を見据える。

その瞳には、何処か恐れが見え隠れしているように見えた。何に怯《おび》えているのかは、全くわからな――

「貴方の所属している部署――いえ、部屋は、王国殲滅兵室《せんめつへい》……ではないですか？」

殿下の口からその言葉を聞いた瞬間、僕は目を見開き、息を詰まらせた。

第二十四話　交わした約束

王宮に勤める宮廷魔法士たちが所属している部門は、正確には部署だけではない。

部署は主に書類仕事を担当する、謂《い》わば机に向かって行う仕事を担当する部門。

そしてもう一つある部門——部屋は、王国の平和を脅《おびや》かす脅威に対抗する、簡単に言えば、王国が持つ正規の武装勢力のようなものだ。

部署は〇〇部、部屋は〇〇室といった名称がつけられている。

関係ない話だけど、騎士団は正確には部屋ではないが、隣国である帝国の軍に相当する武装勢力だ。

剣と魔法のどちらも平均以上の実力を持つ者が所属している。家柄のいい貴族も多数所属しており、僕はあんまり近づきたくない。団長には気さくに話をすることができるけど。

そして、僕が所属する——殲滅兵室。

以前にも軽く説明をしたけれど、僕らは宮廷魔法士の中でも少し特殊な立場にある。

非正規のルートで宮廷魔法士へと強制的に就任させられた、イレギュラーな存在。

人外の魔法力を持ち、いずれ王国の脅威になりうる可能性の高い人物を王国の下で管理する。

この殲滅兵室が作られた理由はこれだ。

野放しにされていた狂犬を檻《おり》の中にいれた、と考えてもらってもいい。異常な力を持つ狂犬を飼いならすことができれば、有能で忠実な犬へと変貌する。僕が宮廷魔法士にスカウトされた時、そんな裏の事情があることは全く知らなかった。スカウトというより、強制的に連行された感じだけど。骨を四本折られました。

異常な魔法力を持つ者が集められた殲滅兵室に属する者に与えられた仕事はただ一つ。

王国、又は王家に仇《あだ》なす脅威が現れた際、命を賭《と》して守護せよ。

首輪をつけるものの、人並みの自由を与える代わりに、いざという時は国や王家のために死ね。というものだ。

記憶から王族の名前を消去する誓約《ギアス》をかけるくせに、いざとなったら僕らを頼る。都合がいいことこの上ないが、仕方ないのだ。いつの時代も、力を持つ者を弱者は恐れ、陥《おとしい》れようと悪知恵を働かせる。そして今の時代、強者よりも弱者のほうが圧倒的に多い。

だから、力がある少数の者たちは、力を持たない多くの者たちの言いなりになるしかない。

◇

「……知っていたの、ですか？」

見開いていた目をスッと細め、若干掠《かす》れた声を絞り出す。僕の所属を知っていたのか？ということではない。殲滅兵室の存在自体を知っていたのか？ という問いだ。

以前、アリナさんから王女殿下は誓約のことを知らないはずだと聞かされていたから、てっきり部屋の存在自体知らないものだと思っていたのだ。

僕の問いに対して、殿下は頷《うなず》きを一つ。

「以前、王宮内を歩いている時、宮廷魔法士の方々が噂《うわさ》をされていて……その時に、知りました」

「なるほど……まぁ、情報源はいくらでもありますか」

殲滅兵室の存在は、別に秘匿されているわけでもない。寧《むし》ろ、他の部門とは全く違う異質な部屋としてそこそこ有名なくらいだ。

だけど、この国の王は僕らを恐れているようだし、実の娘である王女殿下が知ることのないように配慮しているものだと思っていたのだが。

この際だ。打ち明けてしまおう。別に隠すつもりもなかったけどさ。

「殿下の仰《おっしゃ》られた通り、僕の所属は王国殲滅兵室。王国に兵器として管理されている、魔法士です。ちなみに、どの程度僕らについてご存じですか？」

「えっと、そこまで詳しくは知らないです……」

「知っているだけで構いませんよ」

殿下がどの程度の情報を持っているのか。それが重要。立ち止まって話をしているが、今は殿下が狙われている危険な状況。一刻も早く安全な場所に避難してもらわなければならない。まだどれくらいの敵兵力が残っているかわからないしね。歩きながら話そう。

「……他の魔法士が太刀打ちできない程の、圧倒的魔法力を持った者たちの集団であること。彼ら全員が本気で戦えば、災害級の被害をもたらすであろうこと、くらいでしょうか？」

「なるほど」

大袈裟《おおげさ》……ではない。大体は合っているかな。僕以外の人たちが圧倒的技量を持っていることに嘘《うそ》はないし、本気で戦えば災害級の被害が出ることも。特にエルトさんとアリナさんの魔法は……危険だな。

とりあえず、僕らにかけられている誓約については何も知らないことがわかった。うっかり名前を言ってしまわれても困るし、先に念を押しておこう。

「殿下。一つだけ、僕と約束をしていただけないでしょうか？」

「約束……ですか？」

「はい」

きょとんとする殿下に微笑《ほほえ》む。

「今後——いえ、少なくとも此度《こたび》の騒動が収束するまでは、僕たち殲滅兵室の者たちに、貴女《あなた》の名前を教えないでください。詳しくは話すことはできませんが、とても重要なことです」

「？　名前なら、以前レイズ様に……」

「はい。当然覚えております。ですが、今この状況で貴女の名前を口にするわけにはいかない。極力、ここに貴女がいるということを周囲の人間に知らせるわけにはいかないのです。バレれば、かなり面倒なことになりますから」

頭を下げ、頼み込む。

無論、殿下は僕の言葉が嘘であることは見抜いているだろう。

殿下には、彼女の占有魔法である心眼がある。どんなに小さな嘘、相手のことを想《おも》った優しい嘘でも、見抜いてしまう。

覚えているという嘘も、今、名前を教えてほしくない理由が本音ではないことも。だけど、バレているとわかっていても、言わなければならないのだ。万全の状態で、殿下を護《まも》るために。

「…………」

殿下は何も言わない。

少しショックを受けたような表情で、僕を見つめ続けている。

僕は心の中で、彼女に対し何度も謝罪を繰り返す。折角教えて貰《もら》った名前を覚えることができず、申し訳ありません。でも、貴女を護るためなのです。幾らイヤーカフをしているからと言っても、万が一がある。

数十秒程した後、不意に殿下は溜息《ためいき》を一つ零《こぼ》した。

「喫茶店でも私の名前を呼んでくださらなかったのは、理由があったのですね。……わかりました。私は安全な状況になるまで、自分の口から名前を言いません」

「ありがとうございます。では――」

「ただし！」

僕の声を遮って、人差し指を僕の口元に当てながら、寂しそうな表情で言う。

「終わったら、本当の理由、教えてくださいね？」

「……心を痛められるかもしれませんよ？」

「覚悟の上です。寧ろ、そのような内容ならば、私は心を痛めなければならないでしょう。人を傷つけてしまったなら、同等の痛みを自分も味わうべきです」

「……お約束致します」

深々と頭を下げ、胸に手を当てる。

どうやらこの王女殿下、相当肝が据わっているようだ。

王都の南側を見やり、促す。

「さて、急ぎましょう。騎士団の方々がいらっしゃる場所まで。僕が抱えて、走りますから――」

「その必要はない」

突然聞こえたその声に、反射的に振り返る。すると、こちら目掛けて鋭利なナイフが飛来しているのが目に入った。

「――ッ！」

とっさに殿下を抱きかかえ、離脱。飛来したナイフは石造りの屋根に深々と突き刺さる。

切れ味は相当のもの――いや、魔法が付与されているのか。

ナイフが飛来した方向へと視線を向けると、そこには一人の長い金髪を輝かせる、長身

の男。

腰から下がるは騎士の剣。纏《まと》う衣服は王家親衛隊の、紅白の入り混じった制服。胸元には……親衛隊副隊長の証《あかし》である双剣のブローチ。

「やっぱり、来ると思ったよ」

「真打ちは最後に登場するものだと、相場が決まっているだろう？」

「え？　……嘘、でしょう？」

殿下が口元を押さえ、荒く呼吸をされる。

僕らの目の前に現れたのは、僕が最も警戒していた、消えた親衛隊の隊員。姿を見せないなとは思っていたが、まさか、この時を狙ってくるとは……。

けれど、臆することなく、僕は皮肉を交えて彼の名を呼んだ。

「親衛隊副隊長ともあろう御方《おかた》が、王女殿下の危機に真っ先に駆けつけないとは、妙な話ですね？　アルセナス」

「久しぶりだな、小僧。全て事情は知っているようで、話が早い。あぁ、お久しぶりでございます、王女殿下。お元気そうでなにより」

失踪した王家親衛隊副隊長――アルセナス＝クロージャーは不敵な笑みを浮かべながらそう言い、恭《うやうや》しく一礼をしてみせたのだった。

第二十五話　撤退

「予想はしていましたよ。兵たちが殿下を捕らえることができなかった時、貴方《あなた》が出てくるであろうことは」

瞬時に抜刀したレイピアの切っ先をアルセナスへと向け、殿下の前に出る。

奴《やつ》の狙いは殿下だ。正面に相対させるわけにはいかない。

「あ、アル……」

「親しかったのかもしれませんが、殿下。情は捨ててください。見たところゾンビ兵とは違うようですが、明らかに何か魔法をかけられている。心苦しいですが、貴女の敵ということに変わりはありません」

精神的な余裕を全面に押し出すアルセナスは、両腕を組んで肩を竦《すく》める仕草。

お仲間……自分の駒がかなりやられているにもかかわらず、見事な精神力だ。この男の実力が垣間見《かいまみ》える。負ける気は、毛頭ないけれど！

「そんなに警戒する必要はないぞ？　小僧……いや、若き魔法士」

「悪いけれど、殿下を危険に晒《さら》した首謀者である貴方に心を許すほど、頭の中にお花畑が広がっているような阿呆《あほう》ではないのでね」

「おや？　敬語は使ってくれないのか？　一応、魔法士としては君の先輩にあたるんだが？」

「敵に敬語を使うほど育ちがいいわけではない。無駄口はそのへんにして、目的を言え」

「言わない、としたら？」

僕の身体《からだ》から蒼電《そうでん》が走り、屋根の瓦の一部を焦がす。

「楽に地獄へ落としてやる。選択肢は実質一つ――シンプルな答えだろう」

「怖いことだ。けれど確かにそうだな。答えは一つしかない」

言い終えた瞬間、アルセナスはとてつもない脚力で僕へと肉薄し、腰元の片手剣を振り上げる。狙いは――僕の首筋だ。

咄嗟《とっさ》にレイピアでそれを防ぎ、がら空きの横腹目掛けて蹴りを放つ。が、直前で後方へと下がられ、スピードに乗った脚は空を切る。

親衛隊の副隊長を務めるだけあって、肉弾戦は非常に強く、戦い慣れている感じがあるな。遠距離専門の僕としては相性がかなり悪い。近距離での戦いも、二ヵ月で身に付けた付け焼刃の技術では、どうにもならない。

「最低限の反応はできるとはいえ、接近戦が得意、というわけではなさそうだな。俺の駒をあの距離から撃ち抜いていたあたり、得意なのは遠距離戦か」

「軽く試す程度の攻撃だけで、なにかわかるのか？　殿下が驚いて怯《おび》えてしまっているだろ」

強気な発言で相手に疑念を抱かせる。

しかし、見事な洞察力だ。たった一撃でそこまで理解できるとは……それに、遠距離攻撃も見られている。失態だ。対策を練られかねない。

アルセナスは目にかかった前髪を横に払い、頭を振った。

「いや、深く考えるのはやめにしよう。とにかく、俺は殿下を連れ去ることができればそれでいい。若き魔法士、貴様に用はないのだ。大人しく引くというのならば、気絶する程度で済ませてやろう」

「それは、戦いの最中《さなか》で緊張を弛緩《しかん》させるための冗句と受け取るよ。合わせて、お断りだ。寝言は寝て――いや、永眠してから言ってほしいな。言えるなら、だけど」

「全く……損得勘定ができないようだな。それではこの先の人生で損をするぞ？　あぁ、そうか。ここで死ぬのだから、先の人生などなかったな」

お互いに挑発しながら、僕は思考を走らせていた。

はっきり言って、このまま至近距離での肉弾戦を続けていては、負けてしまうだろう。

相手は剣術を得意とし、更に追加で魔法も使える。僕と違って、近・中距離の上級魔法を使うこともできるだろう。それを全力で使ってくる。

対して僕は、遠距離以上の魔法以外では、初級魔法しか使うことができない。おまけに、剣術だって相手の攻撃を防ぐことで精一杯。追加で、殿下を守りながらの戦闘になる。

圧倒的に不利な状況で僕が勝つ方法は一つしかない。アルセナスの攻撃が届かないほど距離を取り、一方的に遠距離魔法を打ち込むことだけだ。

……いや、今回に限って言えば、何も相手を倒すことだけが勝利ではないな。けどま、それを勝利とするのは状況の変化次第ということで。

周囲に無数の球電を生み出し、連鎖的に放電させて注意を引き付ける。その間に、小声で背後にいる殿下に話しかける。

「殿下。このままでは分が悪いので、あの男から一旦離れます」

「……………」

僕の言葉には答えず、殿下は前方のアルセナスを悲しげな瞳で見つめている。

ショック、なのだろう。幼い頃から面識があり、信頼のおける存在であった者の変貌。味方から、自身の身を狙う敵へと変わってしまったのだから。

心中お察しする。だけど、悲しむのは後だ。

放心状態の殿下を抱えあげ、身体強化を何重にも重ねがけし――瓦を砕きながら踏み込み、駆け出す。去り際《ぎわ》、生み出した球電を完全放出、同時にアルセナスの脚に氷の茨を絡《から》ませて。

「へぇ」

「――ッ」

「申し訳ありません殿下。先を急ぎます」

数秒足らずで一直線二百メーラを疾走し、入り組んだ住宅街を駆け抜ける。住人である人々は現在、王家の言葉を聞くために中央広場へと出向いている。目撃者は誰もいない。

無数にある窓ガラスが月明かりを反射しているのを見ながら、速度を緩めて周囲の魔力を探知。何も反応はないな。

「騎士団の駐屯所まで、大分距離が離れてしまったなぁ」

予定の道を大分逸《そ》れて走ってしまったようだ。

アルセナスは僕らのことを待ち構えていたことから、恐らく目的の場所――王都南側に位置している騎士団の駐屯所へ向かっていることはわかっているだろう。そこに行けば、指折りの実力者である騎士団の精鋭たちがいることも。流石《さすが》にヘレンさんが向かっていることは知らないだろうが。

馬鹿正直に真《ま》っ直《す》ぐ走っていても、追いつかれる。なるべく奴が想定しないルートを通る必要があるのだ。こうして立ち止まり思考を走らせる時間も勿体《もったい》ないくらいだが、気にかかることが一つ。

「……そんな……アル、が……」

「殿下……」

見ていて、声を聞いていて心が痛む。

殿下は先程から僕の腕の中で、悲愴《ひそう》に満ちた声と表情でアルセナスの名前をうわ言のように呟《つぶや》いている。今にも泣き出してしまいそうだ。

近くに魔力の反応がないことを確認し、殿下を石畳の上に下ろして聞く。

「……殿下は、彼と親交が？」

「……は、い。昔から、私と兄上を護《まも》ってくださっていました。あまり外に出ることができなかった私達兄弟の、遊び相手になってもらって……」

ポツッと、一滴の涙が地に落ちる。

「私達に見せてくれていた姿は……嘘《うそ》のものだったのでしょうか？　最初から、こうするために、偽りの姿を……？　これまでの思い出も、ゴミ同然のものだったの……ッ」

思わず殿下を抱きしめる。

優しく、労《いたわ》るように、そっと。

「そんなことはありませんよ、殿下」

「……どうして、そんなことが言えるのですか？　アルは……つい先程私を連れ去ると
ッ！」

殿下が僕のローブを強く握りしめる。それを咎《とが》めることなく、僕は耳元に囁《ささや》く。

「自分を信じてください。貴女《あなた》の眼《め》で見てきたことは、嘘でしたか？　彼が貴女に接する時、何もかもを偽っているように見えましたか？　僕は違うと思います。不服ですが、貴女が今回の彼の変貌で涙を流すほど、彼を信頼しているということが何よりの証拠です」

殿下の眼はどんな嘘でも見抜いてしまう。ならば、彼女がここまで信頼をおくことができているということは……彼の忠誠心は本物だということだ。つまり――。

「自我を保ったまま、認識を変えられている可能性もあります」

「認識を？」

「はい。殿下を襲ったゾンビ兵は、既に死んでいます。しかし、アルセナスは僕との会話も成立していることから、自我を保っている可能性が高い。そうなると、【自分は殿下を捕らえるよう命じられている】といった風に、認識を変えられていることも考えられます」

「そ、それなら――」

「はい。希望はまだ残っています。ですが、まずは騎士団の元へと向かいましょう。そこにはうちの室長がいますから」

再び殿下を抱えあげようと腰を落とした――その時。

「――」

脇腹に、何かが突き刺さるような激痛が走った。視線を向けて確認すると、そこには銀の鋭利なナイフの切っ先が顔を覗《のぞ》かせていた。

赤い鮮血が、ポタポタと滲《にじ》み出ては地に落ちる。

「逃げるなよ。追いかけるのが面倒だろう？」

背後から掛けられる美声。

だけどこの時、僕にはその声は死神からの死刑宣告のようにしか聞こえなかった。雷と氷で錯乱させ、魔力も隠蔽していたのに。まさか、たった十数秒で発見して……。

「さて、殿下。お迎えに上がりましたよ」

汗一つかかず、涼し気な顔でナイフをくるくると指先で回転させているアルセナスが、不気味な笑みを浮かべてそこに立っていた。

第二十六話　戦いの行方

「フッ、身体強化で逃げきろうとしても無駄なことだ」

再び投擲《とうてき》された幾つものナイフを、周囲に展開した蒼電で軌道を変化させ、最低限急所に当たらない程度に逸らす。数本のナイフは僕の肌を擦《かす》り、ローブを切り裂いて背後へと飛んでいった。殿下に当たらないよう調整しつつ。

「ぐッ……」

靴音を響かせながら近づいてくるアルセナスを一瞥《いちべつ》し、僕は脇腹に突き刺さったナイフを一息に引き抜き、患部に治癒魔法をかける。他の切り傷は無視。

傷口を狭める程度の応急措置ではあるけれど、ないよりはマシだ。血の味が口内に広がり、溜《た》まった血を吐き捨てる。完全に油断した……。

「だ、大丈夫ですかッ！」

「ご心配なく。急所は外れています。それより──」

指先から光の矢を射出し、アルセナスへと目掛けて発射。が、命中する寸前で剣の切っ先で弾《はじ》かれ、背後の住宅の窓ガラスへと着弾、反射し、明後日《あさって》の方向へと飛んでいった。

この至近距離で、高速の光魔法を弾くか……。魔法の速度を落とす遅延魔法も行使しているらしい。それに、ナイフの投擲技術も半端《はんぱ》ではない。

「……騎士は剣しか使わないと、勝手に考えていたよ」

「状況や場所に合わせて最適の戦いをするのが騎士だ。そのために、如何《いか》なる武器も道具も使いこなせるようにするのは当然だろう？」

「その通りで……」

ナイフを使ってくるなんて聞いてないよ……。

騎士なんだから王道の剣だけで戦ってほしかったな……いや、誰かを守るという点では素晴らしいことなんだけど、敵となった今、本当に厄介だ。

「さぁ、どうする？　お得意の遠距離魔法は、至近距離で使えば軌道を読まれやすく扱いにくい。加えて、負傷もした。王女殿下を引き渡す気にはなったか？」

「……そうかも、しれない」

アルセナスの言うとおり、状況は最悪だろう。

負傷した状態で殿下を護りつつ戦うなんて、不利もいいところだ。先程彼が言ったとおり、殿下を引き渡しさえすれば、任務は失敗すれど、僕の命は助かる。損得勘定で言えば、彼の言うとおりにするほうが得だろう。

「……だけど、さ」

ちらりと、背後で不安そうに僕を見る殿下に笑いかけ、笑みを浮かべたまま正面へ。

「か弱い女の子を見捨てるほど、屑《くず》に成り下がるつもりはないんでね。それと、もう勝った気になっているのかな？　戦いっていうのは、最後の最後まで油断してはいけないことを、知らないのですか？　親衛隊副隊長殿？」

「……残念だ」

溜息《ためいき》を一つ吐《つ》き、アルセナスは一歩踏み出す。

「なら、その命を散らして、俺は王女殿下を連れ去るとしよう」

「やれるものならッ！」

魔力を込め、レイピアを構えて魔法を発動。

最初から全力。時間はあまりない。持てる魔力を用いて、短時間で終わらせるッ！

「――氷結晶《ひょうけっしょう》ッ！」

掌《てのひら》ほどの大きさをした氷の結晶を生み出し、アルセナスへと向け射出。その周囲の空気に含まれる水分を凍結させながら回転し、突き進む。

水属性遠距離上級魔法――氷結晶。

この魔法自体に殺傷能力はない。

目的は、あくまで拘束。着弾と同時に波状に氷が広がり、自由を奪う魔法だ。

事前の情報か、はたまた直感か、アルセナスは剣で弾くことなく横へと踏み出して躱《かわ》す。

氷は背後――かなり遠くの住宅の壁に着弾し、広面積の壁が凍り付いた。

「チッ！　そこは剣で斬ってほしかったな！」

「嫌な予感がしたんでねっ！　――光刃《こうじん》ッ！」

アルセナスの手にした片手剣に光が走り、全力でそれを振るう。刀身から光の斬撃が生まれ、僕を両断せんと迫りくる。凄《すさ》まじい速度。

僕もレイピアの刀身に光を這《は》わせ、振るって斬撃を打ち消す。同時に、足元を起点として広範囲に氷結露《ひょうけつろ》を発動し、炎属性近距離初級魔法――地熱を発動。氷は一瞬で熱され、蒸気となり辺りを白い霧が覆う。一気に視界は悪くなった。

「視界を奪う？　単純な――」

「それだけじゃないッ！　凍結しろッ！」

指を鳴らした瞬間、アルセナスの周囲に広がった水蒸気が氷へと変化。必然的に、アルセナスの身体《からだ》も凍り付くことになる。何も視界を奪うことだけが煙の使いどころではないのだ。

「チッ」

これは予想していなかったようで、彼は鬱陶し気に身体の氷を熱で溶かしていく。

この隙に、殿下を抱えあげて跳躍——再び屋根の上を駆け抜ける。

あの場所にさえ行けば、勝つことができるッ！　この機会を逃すわけにはいかない！

「殿下、もう少しの辛抱です。騎士団の駐屯所までは後少し。必ず、貴女を送り届けてみせます」

「は、はい……ッ、レイズ様、ち、血が……」

殿下が青ざめた様子で、腕に手を触れてくる。どうやら、先程斬られた傷口からの出血が酷《ひど》くなっているようだ。だけどま、走れているから問題は——何をしているのですか？　殿下。

「あ、あの？」

「私、こう見えて治癒魔法が使えるんです。この程度の傷、治してみせます」

と言って、殿下は片手を僕の傷口の一つに触れさせる。と、温かな光が灯《とも》り、痛みを発していた傷がどんどんふさがっていく。

僕の使える治癒魔法よりも、数段上の治癒魔法のようだ。痛みが引いて、大分楽になる。

「ありがとうございます。殿下。まさか、これほどの魔法が使えるとは」

「少しは、お役に立てましたか？」

「ええ、とっても——ッ、流石《さすが》に甘かったか」

後方より投擲されたナイフを確認し、立ち止まることなくそれを躱す。が——。

「な——ッ！」

躱したはずのナイフは前方で進行方向を変化させ、再び僕に向かって飛来。躱しきれず、太ももに深々と突き刺さった。

「——ッ、自動追尾！」

「その通りだ」

僕らのいる住宅の屋根に飛び乗ったアルセナスは、僕の言葉に肯定の意を示した。

「以前、王宮別館の屋上にいた君に向けても使ったんだが……覚えていないのか？」

「……あれは、貴方《あなた》が？」

「普通に考えて、あの距離までナイフを飛ばすことができる者がいると思うのか？　確かにあの男の投擲技術も高いが、俺はそれ以上だ」

思い出してみると、確かに不自然だった。あそこまでの距離、絶対に普通じゃ届かない。

あの男、代わり身だったのか……。アルセナスが投擲したと悟られないための、影武者。

「さぁ、もう足は負傷したぞ？　先程から目指している駐屯所まで、およそ八百メーラだ。その脚でどれくらいの時間がかかると思う？　お前が到着する前に、お前を倒すほうがよほど簡単だ——そろそろ王家の言葉が始まる時間のようだ」

アルセナスは胸元から懐中時計を取り出し、時刻を確認する。

と、遠くで花火が打ち上げられ、上空で爆発する音が聞こえた。

「花火が打ち上げられる中、姫を護《まも》るために全力で戦った騎士が命を落とす。フフッ、中々の美談じゃないか。護ろうとした姫は連れていかれるという、バッドエンドではあるがな」

言って、近づいてくる。

僕は全身に傷を負って血だらけ。対して、アルセナスは無傷の健康そのもの。

どちらが有利かは明白。

「防ぐなよッ——光剣《こうけん》ッ！」

彼は剣を両手で上段に構え、一息に振り下ろしてきた。剣筋から出現する弧を描いた光の奔流。

屋根瓦を削りながら迫るそれを前にし——僕の視界は一瞬、光で満たされた。

第二十七話　布石は最後まで勝つ執念のあるものが打つ

「――くッ！」

迫りくる光の奔流をギリギリのところで跳躍し、回避。が、着地点は屋根の上ではなく、遥《はる》か下にある石畳。

咄嗟《とっさ》に耐衝撃魔法を脚に付与し、衝撃を和らげる。

まぁ、どっちみち痛いことに変わりはないんだけど。軽減されていようと、多少の衝撃は受ける。そして、それは確実に傷口に響くんだ。

周囲を確認。この場所は……上出来。

にやりと口元を歪《ゆが》めた時、フラッと脱力してしまった。

思ったより血を失っていたようだ。まだ、戦いは続いているというのに。

「レイズ様ッ！」

殿下がその場に崩れ落ち、住宅の壁に背中を預けた僕に心配そうな声を掛けてくる。ぼ、僕じゃなくて、自分の心配を……無理な話か。

こんなに血だらけで満身創痍《そうい》の状態になっている人を見れば、誰だって心配する。僕だってそうだ。

「……殿下。大丈夫、心配しないでください。まだ、生きていますから」

「ぜ、全然大丈夫そうに見えないですッ！」

慌てた様子で治癒魔法をかけてくれる。けれど、今大事なのは体内の血液の量だ。治癒魔法で傷は塞がったとしても、失った血液は元には戻らない。これ以上の出血を抑える効果は期待できるけれど、全快するわけではない。

だけど、ないよりは全然マシ。……最後の一撃を放つ程度には意識を集中できるようになった！

「——指光弾《しこうだん》・連《れん》」

指先を優雅に地上へと下りてきたアルセナスへ向けて、円錐《えんすい》状の光を幾つも射出。それは落下の衝撃緩和に気を取られた奴《やつ》の心臓部に、真《ま》っ直《す》ぐ向かっていき——。

「小賢《こざか》しい」

あっさりと剣で弾《はじ》かれた。と、同時に力強く踏み込んだアルセナスは、手にした剣を僕の腹部へと突き刺した。

「カ——ハ」

叫びにもならない、空気が喉から漏れるだけの音が聞こえる。激痛が全身に伝わり、患部が異様に熱くなる。

不味《まず》い、視界が霞《かす》んできた。ただでさえ少なくなっていた血を、更に失ったのだ。無理もないな。

殿下の悲鳴が聞こえた。

「レイズ様――ッ！　もうやめてアルセナスッ‼」

「王女殿下。これは戦いなのです。慈悲はありません」

無造作に引き抜かれた腹部からゴボリと血が溢《あふ》れる。脱力し、身体に力が入らない。生きているとはいえ……半分死人みたいだな。一応バレないよう、少しずつ傷口を塞いでいく。

ここまで負傷したのは、初めてかな。だけどまぁ、仕方ない。これも仕事だからね。

「さて、王女殿下。これで邪魔者はいなくなりました。俺と共に来てもらいます」

僕が死んだと思ったのか、アルセナスは殿下に向き直り、手を差し出した。

けど、王女殿下は……視線を鋭くして、睨《にら》み返す。

「アルセナス……なぜ、こんなことを？」

「……」

殿下の問いに、アルセナスは顎に手を置いてしばらく考えた後、フッと笑って口を開いた。

「――占有魔法ですよ。殿下」

「え？」

「俺は……いえ、俺の主《あるじ》は、貴女《あなた》が持つ心眼の魔法式を欲《ほっ》されています。彼らの願いを成就《じょうじゅ》するため、俺はこうして任務を遂行するのです」

「主？　……彼ら？　な、何を言っているの、アル？　それに――その身体の紋様は？」

「紋様？　殿下はどうかなされたのですか？　そんなもの、私には……」

異常だ。明らかにおかしな状態になっている。

アルセナスは言葉を――殿下を狙う理由を語り始めた途端、あのゾンビたちのような、何処《どこ》か虚《うつ》ろな表情になり、服に隠れた首元から不気味な黒い紋様が浮かび上がり、顔を這うように侵食していく。あれは、魔法式……だと思う。見たことはないけれど、恐らくはそうだろう。

そして、確定だ。

アルセナスは、他の者たちと同様に操られている。自分の身体の変化に気がついておらず、ただ命じられた目的の遂行のために動いている。

気になったのは、今の台詞《せりふ》だ。

狙いは占有魔法。主と呼ばれる者の存在。彼ら、と複数人いることを示唆した言葉。考えることは色々と――うッ！

「ゴホッ、ケホッ」

「まだ生きていたか……」

再び剣を携え、僕に向かって歩いてくる。

「やはり、腹に穴を開けた程度では駄目だったようだな」

「じゅ、十分死にかけなんだけど、なぁ」

掠《かす》れた声で言うと、僕の胸ぐらを摑《つか》みあげて首筋に剣を当て、服の襟元を切り裂いた。

僕の白い肌が顕《あら》わになり、僕にかけられた誓約《ギアス》の魔法式が見える。微《かす》かに、本当に微かに明滅を繰り返すそれを見て、アルセナスが顔を顰《しか》め、殿下が口元を押さえて目を見開いた。

「これは……誓約の魔法式。だが、見たことがないな。何が刻まれているんだ？」

「……答える気は……ない」

「そうか……気になるが、まぁいい」

摑んでいた胸ぐらを離して、僕を仰向《あおむ》けに横たわらせる。腹部の傷口がとてつもない痛みを発した。

いや、今はそれどころじゃないか。このまま何もなければ、眼前で振りかざされる剣によって、僕の首は両断されてしまう。

そんなことを他人事《ひとごと》のように考えていると、殿下の叫び声が。

「アルッ！　やめてッ！　その人は……その人を殺してはッ！」

「残念ながら殿下。彼は俺の敵なのです。殺し合いに負けたものは、死ぬのみ」

「そんな……」

殿下は膝からその場に崩れ落ち、大粒の涙を流しながら何かを呟《つぶや》き始めた。俯《うつむ》いた表情は悲愴《ひそう》そのもの。

その姿を視界に収めた瞬間――。

脳裏に、何かとても熱いものが生まれる感覚が走った。

その感覚は、同様に首筋にも感じる。次いで、電流が走ったかのような痺《しび》れ。だけど、嫌な感じはなく、何かが蘇《よみがえ》るような……。

泣き続ける殿下を再び見ると、変化に気がついた。

彼女の銀色であった瞳が、心眼を発動させている状態の黄金色――ではなく、翠色《みどりいろ》に変貌し、眩《まばゆ》い輝きを放っていることに。と同時に、脳裏に浮かんだのは——。

けれどその変化に驚く前に、僕は思った。

あぁ、こんな顔をさせてしまうなんて、駄目な魔法士だなぁ、僕は。

眼前のアルセナスは勝利を確信した笑みを浮かべ、僕の首に刃《やいば》を当てていた剣を持ち上げ、振り下ろす構えを取る。

「私の——駄目えええええええッ！！」

小声で何か呟かれた後の、悲痛な叫び。

確かに数瞬後には、頭の中に浮かんでいる光景が現実となるだろう——何もしてこなかったのならば。

「大丈夫ですよ、殿下——いえ、リシェナ様」

僕がそう言い、アルセナスが訝《いぶか》しげに眉を顰《ひそ》めた——瞬間、光が過《よ》ぎった。

「ぐあ——ッ！」

宙を飛ぶ鮮血。命中した。

「既に、布石は打ってあります」

アルセナスは振り上げていた剣を落とし、今しがた腕に風穴を開けた原因の飛来した方向を振り向く。と——驚愕《きょうがく》に目を見開いた。

「あ、あれは――ッ！」

「僕が何の考えもなしに、直線でお前に命中、させるためだけに魔法を使っていた、とでも？　そんなわけは、ないだろ……」

視線の先にあったものは、僕が序盤に使った魔法――氷結晶で凍り付いた住宅の壁。加えて――先程僕が連射し、お前が弾き返した指光弾だ！

飛び退《の》こうと屈《かが》めた足を凍らせ、固定。逃さない。

「お前は言ったな？　状況や、場所に合わせて最適な戦い方をする、と。何もそれは、お前だけに当てはまるわけじゃない……」

「ば、馬鹿な……そんなことができるはずが」

「残念だけど」

起き上がり、親指を下に向けて舌を出す。下品だけど、これくらいは許してほしいな。命がけの戦いに、たった今勝ったのだから。

「相手が悪かったね。僕は、どんな状況や地形だろうと、狙った相手に魔法を命中させる――スナイパーなんだ」

指光弾に密《ひそ》かにかけてあった遅延魔法を解除。

氷の鏡を反射した幾つもの光弾が、無防備になったアルセナスを襲う。

的確に、それでいて急所を外すように狙いを定めて。剣を落とし、逃げることもできない。

相手はもう何もできないと確信し、勝利に気を緩めたのが運の尽きだ。予期せぬ場所からの、光速の攻撃。防ぐことはできない！

「ゴ――ハッ」

アルセナスは幾つもの孔《あな》を穿《うが》たれ、血を吐いて倒れ伏し、ピクリとも動かなくなった。

僕もこんな風に寝転がりたい気分――じゃないな、横になって安静にしないといけない状態だ。けど、それはもう少し後になりそうだ。

駆け寄り、抱きついてきたリシェナ様を慰めないといけないからね。

「……う……っ……よか……った」

「すみません。思ったより手こずってしまって。心配させてしまいましたね」

頭を撫《な》で続ける。せっかくのお召し物が僕の血で汚れてしまわないか心配だけど……ここで離れてくれって言ったら怒るだろうな。王家の言葉が始まる時間も迫っているし、早く王宮へ行かないと。僕の傷の処置もしないといけないし、というか、やばいな。刺された箇所は凄《すご》いことになってるし、他の切り傷からも、大分収まってはきているのだけど出血が見られる。肌がいつもより白い。

「一先《ひとま》ず、治癒魔法で傷口を――」

腹部の傷口に手を当て、簡単な手当てをしようとした――その時。

「ガ――ッ」

虚ろな瞳で地に伏していたアルセナスが息を漏らし、ビクッと一度、大きく身体《からだ》を震わせた。リシェナ様が傷口に治癒魔法をかけたまま、僕は近くに転がっていたレイピアを手に取り、切っ先を向ける。血が流れているとはいえ、急所は外してある。すぐに手当てを始めれば死ぬことはないだろうけど……それでも今すぐに動くことはできないはずだ。脚の腱《けん》も貫いたはずだし、歩くのは困難。

「精神支配魔法の効果か？」

身体が動かなくなっても命令を完遂するまで行動する、なんてことが刻まれているのだとしたら、気の毒なことこの上ない。でも、今の僕にできることは、負傷しながらでも王女様を護《まも》り抜くために警戒を怠らないことくらいだ。

「アル……」

「リシェナ様、僕から離れないでくださいね。貴女を狙ってまた動き出さないとも限りませんから」

変わり果てたアルセナスを見つめるリシェナ様に一応の忠告を出す。

と。

「行動、不能……条件起動……発、動」

アルセナスが勢いよく仰向けに転がり、よく聞き取れない言葉を掠《かす》れた声で発した直後──彼の首に刻まれていた魔法式が赤黒く発光し、次いでガラスが割れるような音を立てて霧散した。光の粒子が宙を舞い、アルセナスが完全に脱力し、何も言葉を発しなくなった──瞬間。

大気を震わす、凄《すさ》まじい轟音《ごうおん》が鳴り響いた。

地が震え、住宅のガラスが大きく揺れる。これは……。

「きゃ──」

驚き姿勢を崩したリシェナ様を胸に抱きとめ、僕は音がした方角に視線を移す。

今しがた聞こえた轟音は、何かの声にも聞こえた。けど、衝撃波にも匹敵するほどの叫び声を上げる生き物がいるなら、それこそ巨体を持っているはず。少し前に行った魔獣の調査に、そんな大きな生き物はいなかった。いや、キマイラがいたにはいたけど、あれは僕とアリナさんが倒してしまったし……。

「あの、レイズ様……」

「ん──あ」

ハッとして下を見ると、僕に抱きしめられたままのリシェナ様が、恥ずかしそうに僕を見上げていた。しまった。リシェナ様が姿勢を崩した時に抱き留めて、そのままだった。

「も、申し訳──ッ！」

「あ、あんまり動いたら駄目です！」

慌てて身体を離そうとしたけど、貫かれた腹部に激痛が走った。この状態で勢いよく動くなんて無理……あの、リシェナ様？

「これは治療……そうです、治療なんです。だから、仕方のないことなんです」

ブツブツと何かを言いながら、僕の服をたくし上げて、肌に直接手を触れる。温かく優しい光が傷口に響き、ゆっくりと治癒されている感覚を覚えた。若干目が血走っているのは、どうしてか。男の肌を見るのが、恥ずかしいのかもしれない。うわ、僕は嫁入り前の女の子になんてことを……。

「あの、嫌だったらやめても──」

「こ、ここでやめたら、レイズ様の身が危ないです！」

喰《く》い気味に言われた。

一体何がリシェナ様の心を突き動かすのか……。いやまぁ、やってもらう分には凄くありがたいんだけどね。痛いものは痛いし、やっぱり治療は早いほうがいいから。

でも、さっきの轟音がとても気がかりに──と思っていると、僕の身体全体を温かな光が包み込んだ。途端、戦いの後で痛む箇所が消えていく。

これは……案外、早く来てくれたな。

「いいタイミングでしたね、ヘレンさん。死にかけていたのを、王女様に救っていただいていたところでした」

「何を勝手に死のうとして、王女殿下のお手を煩わせてるのよ。まだまだやってもらわないといけない仕事がたくさんあるんだからね」

「いや少しは心配をしてください」

「そうね。心配したわ。私達の仕事が増えることを」

酷《ひど》い。血塗《ちまみ》れの部下を見てこの反応だなんて……傷を治してくれただけありがたいんだけど。

あぁ、やっぱり痛みがない状態って最高だな。改めて実感するよ。ただ、僕の治療をしてくれていたリシェナ様ががっかりしている。そりゃあ、いい感じで治療してたのに、いきなり完治させられたら、ね？　悔しいのはわかります。

落ち込み気味のリシェナ様を面白そうに見やり、ヘレンさんはクスクスと笑った。完全に面白がってるな、これ。

「でも、任務を完遂したことは、素直に称賛するわ。苦手な近距離戦の中で、よくやったわね」

「ありがとうございます。ヘレンさんがここに来るってことは、もう事態は収束したようですね。ゾンビ兵も、片付きましたか」

「ええ。ほとんどね。エルトくんとアリナちゃんが三分くらいで片付けちゃったわ。序《つい》に街の路地に隠れていた伏兵も含めて全部ね」

「仕事早すぎでしょ……」

絶対に護衛は僕じゃなくてあの二人のどちらかがやったほうがよかった。多分、アルセナスが相手でも二分くらいで終わってたよ。

「んじゃ、後は殿下を王宮に送り届けて終了ですね。はぁ、やっと終わった。早く帰って紅茶を――」

「ほとんど、って言ったわよね？」

その言葉に、身を引き締める。心当たりは大ありだ。

「……やっぱり、さっきの轟音ですか？」

「流石《さすが》に聞こえていたようね。正解よ」

「……民衆の混乱は？」

「音は聞こえていたみたいだけど、特大花火の事前練習って誤魔化してるわ。お祭りムードだし、簡単に信じるわよ」

嘘《うそ》はよくないけど、混乱を避けるためには仕方ない。特に大きな問題になっていないことに安堵《あんど》し、聞く。

「で、何があったんですか」

「手短に話すけど、レイズ君、以前アリナちゃんと一緒に森に魔獣の調査に行ったわよね？」

「はい」

「その時に貴方《あなた》たちが見つけたっていう、木々が薙《な》ぎ倒された場所のことを憶《おぼ》えてる？」

「当然。一番衝撃的でしたから。もしかして、それが今回のと絡《から》んで？」

ヘレンさんは頷《うなず》いた。

「そのとおり。倒れた木々は自然ではなくて、人工的に折られていたもの。そして、倒れた木で巨大な魔法式が描かれていたらしいの。現場に調査に行ってくれた魔法士による報告よ」

「あれが魔法式だったんですかッ⁉」

そんなこと、誰が予想するだろう。確かに不自然な倒れ方をしているとは思ったけど、まさかそれが魔法式になっているなんて……僕もアリナさんも、あの時はちょっとおかしいなくらいにしか思わなかった。盲点、というのも無理があるな。

「その魔法が発動した、ってことですか」

「ええ。描かれていたのは召喚魔法。報告してくれた騎士団員は、突然何の前兆もなく危険種――オルトロスが森の中に出現したと」

「オル――ッ、本当なんですか⁉」

「本当よ。森を警戒していた騎士団員が応戦してるけど、正直どこまで持つかわからないわね」

そりゃそうだ。オルトロスは魔獣の中でもトップクラスに危険度の高い化け物。腕の一振りで岩を砕き、強固な牙はあらゆる生物の骨まで噛《か》み砕き貪り喰らう。討伐は非常に困難で、相当の実力がないと正面から倒すなんて不可能だ。それに、オルトロスを倒すこと以上に大切なことが残って――待てよ？

「突然現れたって言いましたよね？　何の前触れもなく、唐突に召喚されたと」

「通信石で連絡を貰《もら》っただけだから、詳細はわからないけど、そう聞いているわ。つい数分前に、森が赤黒く光ってオルトロスが現れた、と」

ヘレンさんの言葉を聞きながら、近くで倒れるアルセナスを見る。僕と一緒にヘレンさんが傷をある程度塞いでくれたようで、彼の出血は止まっていた。それでも、最低限の治癒だったようで、しばらく起き上がることもできなそう。けど、それよりも一つ、気がかりなことがある。

「もしかして、さっきの魔法が原因？」

よく考えれば、轟音はアルセナスの首に刻まれていた魔法式が霧散した直後に鳴り響いた。偶然というにはあまりにも不自然すぎる。そもそも彼の魔法式があんなふうに消えた意味は？　不自然なタイミングでオルトロスが出現した理由は？

考えれば考える程、そうとしか思えなくなる。

「何かあったの？」

「あの、実は……」

アルセナスを倒した直後のことを伝えると、ヘレンさんはなるほどと頷いた。

「つまり、副隊長君にかけられていた精神支配魔法が消えた瞬間に、オルトロスが召喚されたということね。合点《がてん》がいったわ」

「薙ぎ倒された木で描かれた魔法式は条件起動式の召喚魔法。アルセナスが殿下の誘拐に失敗して戦闘不能になった時、オルトロスを召喚するようになっていた、ってとこですかね」

「副隊長君がダメなら、って考えなんでしょうけど……。少なくとも、このまま王都に進撃されたら、甚大《じんだい》な数の人が死ぬことになるわ」

「た、大変ではないですかッ！」

僕らの会話を聞いていたリシェナ様が、焦《あせ》ったように叫ぶ。王女として、民を死なせるようなことは許せないのだろう。たくさんの人が死ぬなんて、僕だって嫌だ。

何もしなければ確かに訪れる最悪の未来。

決して笑い事ではない事態の中、ヘレンさんはリシェナ様を安心させるように笑った。

「大丈夫ですよ、殿下。そんな未来が訪れないように我々がいるのですから」

思わず惚《ほ》れてしまいそうな程の、大人の女性としての魅力が溢《あふ》れる。だけど、僕は一切見惚れることはない。だって、これは完全に、そういうことでしょ？

「あの、僕さっきまで死にかけだったんですけど」

「だから治してあげたでしょ？　いいからさっさと行きなさい。死にかけた後だって、一発分くらい余裕でしょ？」

「いや、戦いで結構魔力を使ってですね……」

「なら、魔力回復薬を飲めばいい。レイズ君、いつも持ち歩いてるの知ってるわよ?」

チッ、バレてたか。

ここまで言われたら、もう僕には拒む術《すべ》はない。当てつけに、命令を頂戴するくらいだ。

「一応、任務の詳細をお願いします、室長」

「良い覚悟ね。では」

コホンと咳払《せきばら》いを一つし、ヘレンさんはいい笑顔で、憎たらしい程本当にいい笑顔で命令を述べた。

「王国殲滅《せんめつ》兵室室長として命じます。王都南部に召喚されしオルトロスを殲滅なさい。可及的速やかに、一人の犠牲者も出さずに」

相当な無茶を言ってることを自覚してください。

第二十八話　超位魔法

「距離は……十五キーラってところかなぁ」

王都をぐるりと囲う防壁――その南側にやってきた僕は、視覚強化の魔法を使用するまでもなく見えた大きな怪物の姿に、そんな気の抜けるような声を出した。

巨大な二つの狼《おおかみ》の頭を持ち、尻尾は七匹の蛇。体長は……キマイラの五倍くらいだから、五十メーラくらいあるのかな？　王宮の本館くらいありそうだ。普通の魔法士が相手なら、まず倒せない。先日のキマイラよりも危険で凶暴で、強いのだから。

それを……僕一人で……そろそろ本気で訴えてもいいのかもしれないな。

いや、この場にいるのは僕一人ではないんだけど。

ちらりと横を見ると、防壁の上からの光景に足を竦《すく》ませている人の姿。

「だ、大丈夫なのですか？　レイズ様……」

「倒すのは簡単です」

僕を不安げに見る王女――リシェナ様に、僕はそう答えた。

どうしているのか、と言われれば理由はシンプル。ここに来る前、僕に抱きついていたリシェナ様にヘレンさんが「王女殿下も、今は不安でしょう。大丈夫です、王宮まで、レイズ君が送り届けますので」と言い、一緒に連れて行けと僕に言ったのだ。酷《ひど》い。本当に酷い。危険はないとはいえ、女の子にあの凶悪な魔獣を見せるなんて……え？　アリナさん？　あれは女の子じゃなくて化け物だよ……知られたら殺されるな。

「か、簡単って……相手は最上級危険種に指定されている魔獣なんですよ？　一流の魔法士が五十人いても、勝てるかどうかの――」

と、リシェナ様が不安そうに言いかけた時、オルトロスの上空から何かが咆哮《ほうこう》する声が聞こえた。闇夜に閉ざされた空を見上げると、深い蒼《あお》に身体《からだ》を染め上げたワイバーンの亜種――上級危険種に指定されている、フロストワイバーンの姿が。氷結のブレスを吐き出すことで有名な魔獣が、出現したオルトロスを威嚇するように咆哮を上げていたのだ。

あれもここらにはいないはずの魔獣なんだけど……そういえばこの前もヒポグリフが王都の上空を飛んでいたっけ。

「お」

観察している間に、フロストワイバーンがオルトロスに向かって急降下。代名詞とも言えるブレスを吐き、オルトロスの巨大な身体を氷漬けにしようとする。

「もしかして、倒しちゃったり……？」

「いえ、それはありえませんよ」

妙な期待を持つリシェナ様に厳しい現実を笑顔で伝える。

残念ながら、フロストワイバーン如《ごと》きでオルトロスを仕留めることはできない。上級危険種と最上級危険種の間には、絶対的な力の壁があるんだ。

その巨体からは想像もできない身軽さでブレスを回避したオルトロスは、七体の蛇でフロストワイバーンに噛み付く。激痛に悶《もだ》え、バランスを崩したフロストワイバーンはそのまま地面に引きずり下ろされ――オルトロスは、その頭部に右前脚を振り下ろす。

瞬間、地鳴りが森を揺らし、大地には蜘蛛《くも》の巣状の亀裂が半径数百メーラにわたって刻まれた。

森の木々は大地の割れ目に落ち、野鳥は危険を感じ次々と空へと飛び立っていく。あまりに強力な衝撃に舞い上がった砂埃《すなぼこり》が水の波紋のように周囲へと広がる。

正に、災害。

フロストワイバーンの頭部は完全に潰され、首の無い龍が作り上げられていた。

王都の中心であれをやられれば、まず間違いなく王都は完膚なきまでに崩壊するだろうなぁ。

「ば、化け物……」

リシェナ様はあまりの光景に、腰を抜かしてしまった。そりゃ、初見ならこうなるよね。普段なら絶対に見ない光景だろうし、何なら下では現役の騎士たちが腰を抜かしている。

みっともない。

「最上級危険種は、他の魔獣とは異次元の強さを持っています。存在自体が災害そのもの。一昔前には、山をまるごと消滅させた種もいたとか」

「山を……」

「ええ。ですから、はっきり言って今の攻撃も半分程度の力でしかないでしょうね。本気だったら、今の二倍の範囲は森が壊されていたはずです」

だからこそ、早々にケリをつけなければならないんだ。これ以上仕事を増や――いや、王都に被害を出すわけにはいかないんだから。

と、オルトロスが僕らに顔を向けた。

どうやら相手は視力も優れているようで、王都に進行しながら周囲に倒れた木を尻尾の蛇で引き抜き、こちらに向かって何本も投擲《とうてき》してきた。流石《さすが》は最上級危険種。十五キーラもの距離を届かせるなんて、普通の魔獣じゃ無理だ。ほとんど僕らとは的外れな場所に飛んでいるとはいえ、何本かは直撃するコースに飛ばしているし、油断ならない。

「リシェナ様、僕の後ろに」

「は、はい」

促すと、リシェナ様は僕の背後に移動し……あの、リシェナ様。

「腰に抱きつかなくても、いいんですよ？」

「あの、少し怖くて……いけませんか？」

「いえ、全然大丈夫です」

正直に言えば、女の子の身体の感触がよく伝わってくるので、非常に気になる。けど、こんなことで集中を乱していては、まだまだ僕も一人前とは言えない。極力意識しないようにしながら、レイピアを抜刀して切っ先を投擲された木々に向けた。

「――赤炎空牙《せきえんくうが》」

放つのは、炎属性遠距離上級魔法――赤炎空牙。

塩を融解させる程の高温を宿す火種が切っ先から射出され、それは瞬《また》く間に獅子《しし》の容貌に成り代わり、迫る材木を呑《の》みこみ燃やし尽くす。序《ついで》に、軌道のずれた材木も一緒に燃やして炭にしておいた。放置して外壁に穴でも開いたら大変だからね。

それにしても。

「怒ってるなぁ……」

攻撃が上手《うま》く防がれたからか、オルトロスは怒りに声を震わせる。如何《いか》にも不機嫌そうだなぁ。そりゃ、攻撃なんだから誰だって防ぐでしょ。

怒りに任せてオルトロスは七匹の蛇から炎のブレスを吐き出すが、僕はその全てを同じ炎で相殺《そうさい》する。幾ら吐こうと、僕らには届かない。届かせはしない。

アルセナスにはこっぴどくやられたけど、こうして自分の真価を発揮できる舞台である以上、無様な姿を見せることはないよ。

「す、凄《すご》い……これが、殲滅兵室」

もはや狩りと化した戦闘を後ろで見ていたリシェナ様が感嘆の声を上げた。うん、確かに殲滅兵室の中には、オルトロスに後れを取るような人はいない。

はっきり言って、相手にならないんだ。

殲滅兵室という部署が存在する理由を考えれば、最上級危険種を一人で倒すことくらい造作もないほどでないと、部署にはいられない。

「リシェナ様は、殲滅兵室の本当の仕事を、ご存じで？」

「本当の仕事、ですか」

「はい。言ってしまえば、僕らは親衛隊や騎士団の方々とそう変わりません。国を護《まも》り、民を護ることが僕らの仕事ですから」

護ることに変わりはない。けど、殲滅兵室はそこに、とある言葉が加わる。

「騎士団や親衛隊、はたまた他の宮廷魔法士。国の戦力が全く通じない敵が現れた時、それらを確実に殲滅するための部署。それが、僕のいる殲滅兵室です。国家の最高戦力ですから、最上級危険種に勝てないようじゃ、部署にはいられません」

試験管に入った魔力回復薬を取り出し、すぐに服用。全身がピリピリと痛み、次いで心臓部分から魔力が溢《あふ》れるように、温かい感覚が全身へと広がっていった。補充完了。

レイピアに魔力を纏《まと》わせ、足元へと突き立てる。

「さて、リシェナ様には以前、貴女《あなた》の占有魔法――心眼について教えていただきましたね」

「え、は、はい」

「そのお返し、というわけではありませんが、僕もお見せします。僕の、とっておきの魔法を――解錠」

突き立てた箇所を起点として魔法式を描いた陣が形成され――光の粒子が僕の前に収束し、黄金の弓が出現した。ゆっくりと重力に引かれて落下し、僕の手の中へ。張られた銀の弦《つる》を引っ張り、異常のないことを確認する。うん、大丈夫。

「その魔法は……？」

「見たことがない。それは当然です。世間に流布《るふ》している汎用魔法ではありませんからね」

「それって――」

殿下が信じられないものを見たような眼《め》で見てくるけど、僕は一旦ウインクをして誤魔化す。流石に察しがついたようだ。

「大丈夫ですよ。必ず倒しますから」

「……その弓を用いて、ですよね？　見たところ、相当の業物に見えますが」

「ご覧の通りです。名は、星王弓《せいおうきゅう》。と――」

黄金の弓――星王弓を持つ手とは逆の手を前に突き出し、目を閉じる。同時に、星王弓に魔力を込める。すると、足元の魔法陣から八つの矢が出現。一定の間隔を開け、僕の周囲を回る。

「――雷を」

言葉にすると、八つの矢のうち一つ――蒼雷《そうらい》を纏った矢が僕の手中へと収まり、他の矢は魔法陣の中へと消えていった。

迸《ほとばし》る稲妻を纏う矢を星王弓へ番《つが》え、狙いを定める。標的は当然――あのオルトロスだ。

ヘレンさんの情報が正しければ、あれは以前収集した魔法式の描かれた魔石を持つ魔獣と同種の存在である可能性が高い。それもそうか。オルトロスはキマイラと同じく、この近辺に生息している魔獣ではない。召喚されているとはいえ、支配していなければ王都に進行するよう命令することもできないからね。

放置しておくのは危険どころではない。だから確実に、ここで仕留める！

力強く弦を引くのに比例して、蒼い稲妻が辺りに迸り、空気を弾く高い音が聞こえる。

あまりに濃密で膨大な魔力に反応してか、オルトロスが七匹の蛇と二つの狼《おおかみ》の口腔《こうこう》から炎を集約し——とてつもない熱量と大きさの火球を生み出した。

周囲の倒木が灰と化し、岩々が融解する。

その様は、まるで極小の太陽が出現したかのよう。

直撃どころではなく、付近に近づいただけで間違いなく死ぬ攻撃。恐らく奴《やつ》の最大の切り札だ。

けど、もう遅い。今更そんなものを作ったところで——僕の切り札はもう完成している。

「——」

リシェナ様が何かを言っているけれど、よく聞こえない。そちらから意識を外し標的に向けて矢の先端を向け、視線を鋭く、呼吸を一つ吐き——。

「穿《うが》て、雷星《らいせい》——」

雷の矢を放った。

◇

「あ――っ」

レイズ様の蒼《あお》い雷を見た時、私は心臓がドクンッと大きく跳ねるのを感じた。思わず見《み》惚《ほ》れ、呼吸をするのも忘れてしまう。

脳裏に過《よ》ぎるのは、あの時――森で魔獣に襲われ、絶体絶命の危機に陥っていた時のこと。

皆が死を覚悟した時、突如として飛来した雷。手練《てだ》れの騎士様たちを窮地に追い込んだ魔獣を、あっさりと一方的に倒してしまった、美しい魔法。

あの時とは違う魔法。

ですが、あの雷の美しさは――私を魅了した、それと同じ……。

「――神矢《じんや》」

静かに、そして厳かにレイズ様が呟《つぶや》かれ、凄《すさ》まじい雷鳴と烈風と共に放たれる矢。

通過する地点に生い茂る木々を薙《な》ぎ倒し、災厄とも呼べる力を振りまいて――

◇

「任務……遂行、かな」

凄まじい虚脱感に襲われながら、僕は何とか両足で立っていた。手にしていた星王弓は粒子となって霧散し、レイピアの切っ先を起点に作られていた魔法陣も消滅。

僕の放った雷星神矢は、超熱量の火球を消し飛ばし、オルトロスの心臓部を、正確無比に撃ち抜いた。

貫通し、更に背後の地面に着弾した矢は大地に電紋《でんもん》の亀裂を作り、地面から空に向かって雷を打ち上げ、消失。俗に言う逆さ雷という奴だ。

眼前では、雷に穿たれたことで黒い煙を上げているオルトロスが、ズシン、と地響きを立てながら森に倒れ伏す。完全に絶命したようだ。

「あ、やべ」

不意に足の力が抜けて、立っていられなくなった。あぁ、魔力不足で身体《からだ》が凄く怠《だる》い。これ使うと、こうなるのが嫌なんだよなぁ。

そのまま後ろ向きに倒れ――柔らかな感触。

「大丈夫ですか？　レイズ様」

「あ、ありがとうございます。はは、ちょっと、魔力を使いすぎまして」

真上からリシェナ様が僕を覗《のぞ》き込む。そのまま、膝枕の姿勢へと移行。起き上がる気力も湧いてこないので、このまま話そうか。

「今の魔法は――」

「あれが、とっておきの魔法ですよ。正式には、全属性超遠距離超位魔法――八星矢《はちせいや》。無属性以外の全ての属性を持つ矢を用い、敵を殲滅《せんめつ》する――僕の占有魔法。風と雷を異なる属性の矢としているのが、少し特殊なところですが」

僕が使用できる魔法が非常にアンバランスなのは、この魔法のせいでもある。

遠距離・超遠距離に特化しすぎた占有魔法を持つため、近距離・中距離は初級程度の魔法しか使うことができない。逆に、この魔法を持っているおかげで、遠距離以上は使いこなすこともできるのだけれど。

「そんな強力な魔法を……」

「確かに強力ですが、欠点も多い。一度使うと、こうして虚脱感と脱力感に襲われて、魔力欠乏の状態に陥る。連発は……魔力が回復すればできなくはないですけど、やめたほうがいい。実質、一発限りの大技ですよ――リシェナ様?」

リシェナ様が突然、僕の頭をそっと撫《な》でつけてきた。そして、慈《いつく》しむような視線を。

「本当に、凄い方ですね。そんな魔法を使いこなして、決して得意ではない近距離での戦いで、あのアルセナスにまで勝ってしまって……」

「…………」

何だろう、この感覚。

膝枕をされて頭を撫でられるなんて、恥ずかしさもあるけれど、とても心が落ち着く。

アリナさんに締め——抱きしめられることはあるけれど、それとは全く違う。

苦労して彼女を護って本当によかったと、そう思える。

「ところで、レイズ様。少し気になることがあるのですが」

「はい？　なんですか？」

閉じていた目を開けると、僕の首元に手が。

「先程見た首元の魔法式……それが、なくなっているのですが……」

「——え」

掌《てのひら》に薄氷を生み出し、それを鏡として首元を映す。そこには、何も描かれていない、綺麗《きれい》な白肌が映っていた。肉付きが悪く、鎖骨が浮かび上がっている。

確かに殿下の——リシェナという名前が頭に浮かび上がったことを不思議に思っていたけれど……誓約《ギアス》自体が解除された？

「どういう……あ」

一先《ひとま》ず、事件は表沙汰にはならず、王家の言葉も無事に終了し、建国祭は終わりを迎えたのだった。

◇

とある日の昼下がり。

王宮の庭園に置かれたベンチに並んで座った僕とエルトさんは昼食を食べながら、先日の建国祭のことを話していた。

「そういえばよ。お前が倒した親衛隊の副隊長はどうなったんだ？」

「生きてますよ。一応は」

「一応？　どういうことだ？」

怪訝《けげん》そうに眉を顰《ひそ》めたエルトさんに、僕は肩を竦《すく》めながら答える。

「一応とは言っても、意識が戻らない程になっているというわけではありません。ヘレンさんが何かしらの魔法で、彼にかかっていた魔法を解きましたからね。詳しい効果は、後ほど調べるそうです。まだ目は覚めていませんが」

「魔法を解いたからと言って、お前に身体中穴だらけにされたんだろ？　よく生きてたな」

「元々急所は外すように狙っていました。それに、ヘレンさんお得意の治癒魔法が加わったので、障害も残らずに目を覚ますだろうと」

「いや、反射させて命中させるだけならまだしも、急所を外すように弾道を調整するとか……どんな腕だよ。反射角とか諸々《もろもろ》問題大アリだろ……」

「そこはほら、僕はスナイパーですからね」

「理由になってねぇ、よ！」

額に軽い衝撃。いきなりデコピンは痛いですわ……。

サンドイッチを一気に頬張り、咀嚼《そしゃく》し飲み込んで背もたれに背を預ける。

「まだまだ問題は残っていますが、これで一段落ついたって感じですかね」

「いや、問題はまだ残ってるだろ」

「？　何が——ぁ」

エルトさんが向いている方向——中央に設置された噴水へと視線を向け、曖昧な笑みを浮かべる。

そうでした。まだ一つ、大きな問題が残っているのでした。

「お前、なんかやらかしたのか？」

「そんなことしてませんよ……多分」

「じゃあなんで——王女殿下がずっとお前のこと見つめてんだよ……」

視線の先——噴水の陰には、隠れてこちらを見つめている王女殿下——リシェナ様がいらっしゃいました。陽《ひ》の光に照らされて、美しい銀髪が輝かしく煌《きら》めいている。相変わらずお美しい。

「……この前の護衛の件以降、毎日のようにああやって陰に隠れてこっちを見てるような気がするんだが？　なんなの？　あれ」

「僕に聞かれても……」

「明らかに見てるのはお前だし、直接聞いてきたらどうだ？」

「いや、何も要件がないのに話しかけるなんてそんなこと……」

以前は護衛の任務があったため、話しかけることはできたけど、今はそんな事情は皆無。王女と一平民魔法士という立場に戻ってしまった。

本音を言えば、話したいことは結構ある。

というか大事なことが一つ——あの時、なんて呟《つぶや》いたのか。それに、あの眼《め》の輝き。多分それが僕の誓約を解いた原因だと睨《にら》んでいるのだけれど、王女殿下としてその質問を禁ずる、と言われてしまった以上、従わないわけにはいかない。本当は凄く聞き出したいけれどね。

あ、目が合った。微笑《ほほえ》んで、軽く会釈《えしゃく》。

と、若干顔を赤くしながらも笑顔で会釈を返してくださった。

……何だろう、心の疲れが癒やされていくようだ。日々の精神的疲労が、一気に浄化されていくような、心地よい感じ。控えめに言って、とてつもなく素晴らしい天使の笑顔です。ありがとうございます。

と、一人で癒やされていると、リシェナ様は以前のように全速力で走り去ってしまった。

「……まぁ、青春してるようで何よりだ」

「どういうことですか？」

「そのうちわかるさ」

言って、エルトさんは昼食を食べ終えてその場を立ち去ってしまった。去り際《ぎわ》の溜息《ためいき》の意味はわからないけれど、聞いてもはぐらかされるだけだから聞かないでおこう。

それはともかく、最後に残った問題……まぁ、だいたいお察しでしょう。先程の光景が、それです。

——最近、姫様からの視線が気になります。

この問題、解決する時は来るのだろうか？
疑問を頭に浮かべながら、僕はサンドイッチを平らげるのだった。

あとがき

初めまして、安居院晃《あぐいこう》と申します。

この度、第五回カクヨムWeb小説コンテストにて特別賞を受賞させていただき、この作品を出版させてもらえることになりました。もう、自分自身で驚きです。

いつか本を出したいな、と思い始めてから一年半程で出せるとは。

この小説を『カクヨム』に公開したのは高校生の時だったのですが、当時はプロットを作るという考えが一切なかったので、書きながら展開を考えていました。なので「ん？」と思うところが多々ありましたね。今考えるとプロットなしなんて……恐ろしい。

でも、書いている時は楽しかったですね。

授業中にノートも取らずにスマホで執筆したり、バイトから帰って部屋に籠もって書いたりと、何だかんだ充実していた気がします。

執筆中に聴く、お湯が沸騰する音は最高でした。

テストの結果はお察しください。

最後に、謝辞を。

担当編集様、右も左もわからない私のサポートをありがとうございました。今後もご迷惑をおかけすると思いますが、何卒《なにとぞ》よろしくお願い致します。

美和野《みわの》らぐ先生、素敵なイラストをありがとうございます。ラフが届いた時は素晴らしさのあまり机に膝を強打しました（実話）。イラストの素晴らしさに負けない物語にしていきたいと思います。

校正担当様、誤字脱字の多さに自分でもびっくりしてしまいました。申し訳ない気持ちでいっぱいです。本当にごめんなさい。これは謝罪ですね。

Ｗｅｂ版から応援してくださっている方々。こうして出版することができたのも、皆様の応援のおかげです。本当にありがとうございます。

そして、この本を手に取ってくださり、ここまで読んでくれた皆様に、精一杯の感謝を申し上げます。

またこうしてご挨拶できることを、楽しみにしています。

富士見ファンタジア文庫

宮廷魔法士《きゅうていまほうし》です。最近姫様《さいきんひめさま》からの視線《しせん》が気《き》になります。

令和3年2月20日　初版発行

著者——安居院晃《あぐいこう》

発行者——青柳昌行

発　行——株式会社KADOKAWA
〒102-8177
東京都千代田区富士見2-13-3
0570-002-301（ナビダイヤル）

印刷所——株式会社暁印刷

製本所——株式会社ビルディング・ブックセンター

●お問い合わせ
https://www.kadokawa.co.jp/（「お問い合わせ」へお進みください）
※内容によっては、お答えできない場合があります。
※サポートは日本国内のみとさせていただきます。
※Japanese text only

ISBN978-4-04-073995-3 C0193 ◇◇◇

ティナ
四大公爵家のひとつ、ハワード家に生まれた公女殿下。なぜか誰でも扱える程度の魔法すら使うことができない。
変えるはじめましょう
アレン
公爵令嬢ティナの家庭教師を務めることになった青年。魔法の知識・制御にかけては他の追随を許さない圧倒的な実力の持ち主。
発売中!